王旭烽

王旭烽 著

等花
落下来

浙江文艺出版社
Zhejiang Literature & Art Publishing House

图书在版编目（CIP）数据

　　王旭烽：等花落下来 / 王旭烽著 . —杭州：浙江
文艺出版社，2024.5
　　ISBN 978-7-5339-7521-0

　　Ⅰ.①王… 　Ⅱ.①王… 　Ⅲ.①散文集—中国—当
代 　Ⅳ.①I267

　　中国国家版本馆CIP数据核字（2024）第053119号

统　　筹　王晓乐　　　　封面设计　广　岛
责任编辑　张恩惠　　　　封面插画　Stano
责任校对　许红梅　　　　营销编辑　张恩惠
责任印制　吴春娟　　　　数字编辑　姜梦冉　诸婧琦

王旭烽：等花落下来

王旭烽　著

出版发行　浙江文艺出版社
地　　址　杭州市环城北路177号
邮　　编　310006
电　　话　0571-85176953（总编办）
　　　　　0571-85152727（市场部）
制　　版　杭州天一图文制作有限公司
印　　刷　杭州丰源印刷有限公司
开　　本　880毫米×1230毫米　1/32
字　　数　126千字
印　　张　7.25
插　　页　2
版　　次　2024年5月第1版
印　　次　2024年5月第1次印刷
书　　号　ISBN 978-7-5339-7521-0
定　　价　39.80元

出版说明

自五四新文化运动以来，中国文学面目一新。在中西方文化的碰撞与融合中，小说、诗歌、戏剧等文学形式完成蜕变与新生，而散文以其自由自在的天性，踵事增华，其成果蔚为大观。

郁达夫认为，较之古代的"文"，现代中国散文有三点特异之处，即"'个人'的发见""内容范围的扩大""人性，社会性，与大自然的调和"（《中国新文学大系·散文二集·导言》）。散文家们兼收并蓄，将万事万物融于一心，"以我手写我口"，取径不同，或叙事、抒情、议论，或写人、描景、状物；风格各异，或蕴藉、洗练、飞扬，或磅礴、绮丽、缜密。就应用而言，以学识、阅历、心境为核心的小品文，以小见大，言近旨远，张扬个人性情；以观察、讽刺、同情为底色的杂文，见微知著，刚柔相济，召唤战斗精神……种种流派，非止一端。

为了给当代读者提供一套选目得当、编校精良的散文选本，我们推出"名家散文"系列，从灿若星辰的中国现代散文家中遴选出一批作者，精选其散文创作中的经典作品，结集成册，以飨读者，或可视作对百年现代中国散文的一次阶段性回顾与总结。我们相信，尽管这些作品产生的背景千差万别，但其呈现的智识与感性、追求与希冀，是跨越时空而能与读者共鸣的。我们也相信，经典之所以为经典，因其经得起时间的汰洗，这里的文章，初读，是迎面撞上万千世界，吉光片羽，亦足珍惜；再读，则是与无数智者的重逢，向内发现自己，向外发现众生。

文学的历史同时也是一部语言文字的历史，而汉语的标准化也随着时间的推移不断地演变、更新。五四白话文运动以来，文学语言流动而多变，呈现出丰富和复杂的样貌。文字、词汇、语法的繁芜丛杂背后，是思想文化的多元与活跃，也是作家不同审美取向和个人风格的展现。因此，我们在编辑过程中尽量尊重文章原刊或初版时的面貌，使读者能够感受到语言的时代特色，比如"的""地""底"共存的现象。同时，考虑到读者尤其是学生的阅读需求，我们按当下的规范做了有限度的修订。

编辑出版工作中难免存在不足之处，热忱欢迎广大读者批评指正。

浙江文艺出版社

目　录

家在西子湖上

003　杭州花事

010　家在西子湖上

014　纸船下的水

018　三生石的故事

025　走读西湖

031　深巷从此有晴窗

034　一个人的除夕夜

037　我是您的女儿子

041　我们这座城市的外婆家

045　尚能酒否

049 是谁教会你那个"爱"字

等花落下来

055 世上最清洁的花

058 等花落下来

061 死亡并不使我惊慌

065 悠然见南山

068 坐越怀楚

075 夜空开花

078 梦之岛

082 在花园里

085 蔷薇

089 有趣

093 在雨中

大隐隐于山

099 英雄美人

108 半颗心留在江南的北方人

119 大隐隐于山

127 苏东坡修出的杭州之眉

138 带着两袖的清风

145 杨孟瑛的西子湖

153 卡夫卡与李叔同之死

156 马可·波罗眼中的杭州

162 好山色

茶禅一味

173 复活之草

176 浅是茶

179 茶忆

184 听茶

188　香草爱情

191　美女与茶

195　好大三棵树

202　一盏茶容你停息的刹那

209　茶禅一味

212　民间茶事

215　龙井问茶遐思

220　大象无形

家在西子湖上

西湖像所有的家园一样，人们通过告别而与她重逢。

杭州花事

少年时读诗，喜欢"红雨随心翻作浪"一句，潇洒得美丽。当时孤陋寡闻，不知"红雨"典出何处，后来倒是在汤显祖的《牡丹亭·惊梦》中找到一处。花神上场曰：

> 蘸客伤心红雨下，
> 勾人悬梦彩云边。

原来，红雨是才子佳人浓情蜜意时被突然惊动的纷纷落花。这样想来，落花纷纷之日，便是美丽的事物登峰造极之时，又是美妙绝伦之后下降的伊始。红雨闪碎，伤春如斯，在失去的过程中，不断闪现又消失。这样明明灭灭，飘逸着永恒与瞬间的叹息，红雨也就下得重重叠叠了。

知道好花是不常开的，开时便万分珍惜，对花的珍惜，本质是欣赏。一千年前，吴越王钱镠的妃子回家探亲去了，这贩私盐出身的武夫国王，锦书一封，对爱妃说："田野上的花儿都开了。你细细欣赏，迟一点回来吧。"一言既出，竟成为千古佳话，樵夫牧童们用他们自己的语言唱道："陌上花开蝴蝶飞，皇帝老子想嬉戏，春气发动真难熬……"一唱就那么唱了一千年。

二月十五花朝节

陌上花开，岂止皇帝老子嬉戏！杭州人赏花，可谓流风悠久矣。

农历二月十五，从前一直是杭州人的花朝节。这个节日的来历，倒真的是有些不明了，大概是因为"花朝月夕"那一句俗语。而二、八两月又为春与秋之中，八月半既然给了月夕，那二月半自然就得给花朝了。

宋代有花间扑蝶的传统民间游戏，后来是没有了。但明清时二月香市，倾城仕女皆往寺院，据说就是它的遗俗，可见杭人围绕花的种种生命表现是很丰富的。陆游有"小楼一夜听春雨，深巷明朝卖杏花"之说。那条深巷，即今日杭城孩儿巷，的确深长，巷口尚有碑记之，惜杏花女无存。

花朝时节，杭州马塍的园丁可就忙坏乐坏了。他们竞相挑着花担子上街叫卖，那声音，跟唱歌似的，好听着呢。有个叫黄子常的人，专门作了一首《卖花声》，词曰：

> 人过天街，晓色担头红紫。满筠筐，浮花浪蕊。画楼睡醒，正眼横秋水。听新腔，一回催起。
>
> 吟红叫白，报得蝶儿知未？隔东西，余音软美。迎门争买，早斜簪云髻。助春娇，粉香帘底。

要说当时的杭州，最有名的花，大概要推桂与荷了。柳永为什么要写"三秋桂子十里荷花"呢？据说金主完颜亮就是读了柳永的词才动了"立马吴山"之念的。有人不怨朝廷腐败，倒怨起桂与荷来，写诗说："谁把杭州曲子讴？荷花十里桂三秋。那知卉木无情物，牵动长江万里愁。"

有个叫罗经纶的不同意这种看法，说："荷花艳，桂花香，只是为了装点湖山更加美丽，可恨那些士大夫，竟因此流连歌舞，忘了中原，那不是花的罪过啊。"

杭人还是喜欢花的，便有了花神庙。

这个花神庙，又叫湖山神庙，就在今日苏堤的跨虹桥西面。1731年，浙江总督李卫在他所撰的《湖山神庙记》中，倒是对杭州的花市作了一番形容：

> 西湖自正月至十二月无月无花，无花不盛。土性固宜果木，而余连年来又加意培植，环湖远近三十里，高下曲折，红紫相间，一望几无隙地……因为屋几楹，中设湖山正神，旁列十二月花神而加以闰月；各就其月之花，表之冠裳以为之识。

人家看了那泥塑的湖山正神，哑然失笑，那不是李卫自己的像吗？那十二花神，不用说，便是他的妻妾了，那可真是叫"借花造佛"了。虽俗，却也不是恶俗，给西湖花事平添一点逸事罢了。

如今那花神庙也荡然无存了。

花朝花神俱往矣，然西湖花事依旧。

春天，花太多了，是"乱花渐欲迷人眼"。常人多去苏、白二堤观桃花，还有个地方叫花圃，那也是个万花云集的地方。这样的赏花，真正是走马观花了，我不为也。

极早的春，路过望湖楼，见丛丛木樨花开，黄黄白白，茸茸簇簇，星星点点。"去看木樨花吧。"我说。人却答：

"木樨花是谁?"

便错过了,不日便绿荫满枝。

接着,是那重瓣茶花浓红坠地的时节。落花惊动人绪,使人生出杜丽娘般的感慨——"良辰美景奈何天,赏心乐事谁家院……"

也有心旷神怡之时。手握唐诗一卷,去湖畔踏春。黄昏时分,寂无一人,有白玉兰大瓣徐下,无声落于脚跟,冥冥间,疑有仙人至。此时读王维《辛夷坞》,一派高逸:

> 木末芙蓉花,山中发红萼。
>
> 涧户寂无人,纷纷开且落。

想那盛唐诗人王维,独对红萼,一年花期,纷纷扬扬,就此了结。人花的两两相忘,造化的玄妙,时光的神秘,万千情怀,尽在其中了。

花事的如潮,当在杭城四五月间,花港观鱼有牡丹,太子湾有郁金香,大街小巷有蔷薇。夹道迎送,令人眼花缭乱。

花其实是无限清高的。你访她,她落;你不访,她也落。比如,年年暮春都看紫藤,得有心人指点,知柳浪闻莺及镜湖厅两处最佳。植物园似有白紫藤,梦里寻到过,今年怠慢了，站在满头绿璎珞下，陡然怅然。

夏日访荷

夏日访花，自然是访荷，有曲院风荷在。池内种红莲、白莲、重台莲、洒金莲、并蒂莲等，还有叶片直径一米多的大王莲和几厘米的碗莲。访荷也是有秘诀的，宜在清晨，因荷花天微明时放，待大亮，它倒又复合了。从前是花迷，常行舟于放鹤亭，于岸上藤椅中躺下，尝藕粉、品新茶，以作早餐，再补睡一觉，那可真是晨风徐来，荷香欲醉了。

秋日赏桂

"桂子月中落，天香云外飘。"秋日的赏桂，一般都是去满觉陇。满陇桂雨，已是一新的胜景，然人多嘴杂，熙熙攘攘，反倒无秋意了。其实，沿西湖周遭公园，都有桂，许多机关大院中，桂雨如潮，一点也不比外面的差。从前，杭人有句俗语叫"钱王祠里看桂花"，今虽已无，但他处并不缺桂。我因家住植物园附近，每年秋夜，常去园中桂下品茗。人少花香，桂花落于杯中茶内，落于肩，落于桌，落于椅，落于这无边黑夜。万籁俱寂中，便想起那一年秋，父亲坐在病房的阳台上，看女儿捡满地落桂，记得女儿听那极细的落花声，在心中自语："明年不能再来了，明年不再有父亲了。"愁肠百结，唯落花知。

明年，果然不再有父亲。

走进深秋，去岳王路花鸟市场，捧回菊花数盆。柳浪闻莺，每年的菊展自然又是不可错过的了。转眼间，西湖的冬天来到了。

冬日孤山赏梅去

冬日赏花，必赏梅。孤山梅花，早借"林和靖之妻"的身份而名扬四海。"疏影横斜水清浅，暗香浮动月黄昏。"若非西子湖，到哪里去寻这般境界？然今日赏梅又有一佳处，曰灵峰，位于玉泉山北面，梅之品种达四十五个。余杭又有超山梅花，也是一片香雪海。花中之梅，品格最高，既栽西湖，便具人文之美，神清骨秀，幽独超逸，风韵绝伦，有雪衬之，无言可喻。

杭州赏花，赏到如此品位，足矣。

家在西子湖上

西湖是这样的所在，你会因为找不到最恰当的词语来描述她而陷入幸福的彷徨。

西湖是囊括所有的：春夏秋冬，日月星光；柳风桂雨，晨钟暮鼓；悲欢离合，长歌短吟；英雄美女，高僧士子；行侠游客，浪子孤魂；阳春白雪，下里巴人……西湖太丰富了，层面太多了，她的确是密集的。步移影动，处处都得细细道来，你会觉得西湖数不胜数，不知从何说起。

齐全的和谐归于一身，完整的美均匀着通体，西湖接近伊甸园。面对造化的最高形式，你能如何？唯有静默啊……

西湖便在静默中饱满。她就是那种你在遥远的地方突然想起会热泪盈眶的美。那是深卧与伴睡在你心底的爱情，突然一跃而起，冲撞你的胸膛，使你呼吸停止、目瞪口呆、不知所措。

西湖是你的爱人。你对她的爱意的表达，因为小心翼翼而断断续续，欲言又止，欲说还休。你担心会把她的灵魂从你的口中吐出，你唯恐她会散发在空气中，离你而去。

你能够从皮肤中触及她，从空气中呼吸她。浪迹天涯时，她折进你的行囊，到他乡时，她弥漫开来，浸润覆盖着陌生的逆旅，慰你无边的乡愁。

西湖是一所书院。你是西湖的学子，你在湖上走读。她穿透你的所有岁月，红颜年少在长堤下散落初恋，人到中年在湖上整理思想，白发苍苍在月下享受归宿。

西湖又是一派大境界——张苍水临终眺望湖上，一声断喝："好山色！"叹尽湖光。

而你，想到西湖，心头一热，块垒顿消。你想：无论如何，我已经有西湖了。

西湖像所有的家园一样，人们通过告别而与她重逢。你只要离开她一步，就会百感交集地发现，她是世上最动人的地方。背弃她，是人生最大的失误；离开她，更是命运最大的遗憾。

许多年前，你离开过她，因此得了严重的怀乡病。你想念曲院风荷大门口深秋时一大片梧桐树的黄金落叶，它们的铺开颇有异国风情；你想念从玉泉路往上走时冬夜里月光下枝杈横伸的三角落叶枫，它们像一张张伸向天空的树妖的手掌；你想念曾经海棠盛开的苏堤，你在那里流下过多情而可笑的眼泪；你想念孤山鲁迅像对过沿湖的椅子，椅旁的湖水中撒下过你敬爱的老师的骨灰；你想念湖畔灵峰开发前的野趣，朋友们在清泉旁点着篝火煮茗；你想念湖上的小船，有一次泛舟湖上时一个朋友掉到湖里去了……

你想念九里松，重病的父亲曾在那里住院，你和母亲常常怀着深深的忧郁挽臂在松下走过；你想念植物园，十月一日，举家出动，在茶花树下摆开大吃一场的架势；你想念岳坟，童年时一个外宾抱着你在岳飞墓前拍照留念；你想念翁家山，你在那里采过茶，睡在那些早已废弃的庙宇里；你想念九溪，一名男同学约你春游，没有发生爱情，甚至友谊也淡忘，但九溪却深深地留在心中；你想念三潭印月，父亲带着满口缺牙的你与你哥哥在九曲桥上留影，如今父亲长逝，但三潭印月依旧……

你想念绕湖的芬芳，春天一到，她们闹得满城花枝招展，不是红杏也出墙；你想念雨巷，想念从前曾经有过的油纸伞，想念戴望舒和他的丁香般结着愁怨的姑娘；你想念早已逝去的青石板发出的声音，它不可能不是悠长的；你想念湖边那些豪华的宾馆，想念望湖宾馆和香格里拉饭店大厅里的壁挂，想念雨天透过玻璃望出去的山朦胧水朦胧；当然，你也想念楼外楼的西湖醋鱼和龙井虾仁。在你最想念的那一切中，还包括梅家坞的一片茶园、植物园的一枝白紫藤、镜湖厅茶座间的那几株大香樟以及它的那些纷纷扬扬的伤春落叶。

还有某些生活在这座城市里的人，活着的以及死去的——他们是你的亲人和朋友，你想念他们，有时在上班的路上，有时在回家的途中，有时在夜半的梦里。他们中的一些人，曾经把你的心思碾碎了，是西湖把你重新收拾，再生灵魂……

人间万象，有人生命艰苦，一旦归化西湖，便也知足；有人生命壮烈，绚烂至极，湖边终究归于宁静。杭州是人性的方舟，西湖是众生的家园。

郁达夫有一枚闲章：家在富春江上。你步其精神，亦有一章：家在西子湖上。

纸船下的水

家在富春江上。

三岁左右,我家迁居富阳,我特别清楚地记得那一天下汽车的情景。我记得老汽车站的绿漆门窗、青砖瓦平房,记得里面的长条木椅,记得父母抱我坐在那长椅上,我甚至记得那是一个萧索的黄昏。

我记得全家人到了父亲的工作单位。兵役局的食堂,一个庭院。庭院里有一株香泡树,树上长着一个个黄澄澄的香泡。这是我有生以来第一次看到香泡。

父母带我去桂花路上散步。满街碎石,两个大人,一个孩子,爸爸妈妈如年轻情侣,我则欢快地捡石头。黄昏,诗情画意,最初的惆怅与伤感。

在家后门的小河里游泳，摸螺蛳，闻到了青苔的气息。可怕的消息——楼上的宝林溺水而亡，躺在前厅。第一次接触死，母亲的哭声。

院子里的小鸡，是因为爱而不是为了吃而养的，染成粉红色的毛，生长期的丑陋，喜欢躲在一块靠着墙根的青石板后。有一天不见了。被吃了。大哭。

下雪天，穿一条蓝色新裤子上学，走到恩波桥上，在最顶端的那块石板上，狠狠地摔了一跤。望着富春江水，欲哭无泪。

独自一人，放学回家，边走边读一本小人书。突然头皮发麻，抬头看，一只狼犬，"狗视眈眈"。对峙。直到暮色将尽，万般无奈迈出一步，狗一声不吭扑上来，一口咬破裤腿，伤了膝盖，放我一条生路。那是关于狗的最初的记忆，从此一生不喜狗。

清明扫墓，到郁氏衣冠冢。不安与好奇超过敬仰，孩子们窃窃私语：他是谁？为何躺在这里？真的是血衣吗？天哪，血衣！

鹳山是梦之山，天堂里的山。因为鹳山的石级，我从此知道了什么是拾级而上。就像瞿秋白《多余的话》里的"中国豆腐世界第一"一样，鹳山的石级天下无双。有一个夜晚，楼上的崔伯伯带着他的孩子和我一起到鹳山散步。

在山脚石级旁，我发现了一盏路灯。在此之前，我也无数次地从路灯下走过，但从来没有发现过它。只有那一刻，山脚下，码头旁，夜，飞蛾，路灯出现了。

况且路灯下还有一个小贩，一个竹篓子，一堆红皮的长萝卜。小贩不停地告诉我们，这是红心的。这使我非常纳闷。我那么小，但已经知道，共产党员的心是红的。比如我的父母，他们的心就是红颜色的。我没有想到，连萝卜也可以是红心的。

于是，我们买了红心萝卜，当场一口咬下去，果然是红心的，极其好吃，味如冰镇之梨。许多年过去了，我再也没有机会领略个中滋味。鹳山石级虽在，而崔伯伯已作古。再到鹳山去，居然要买门票了。

发大水的日子，富春江鼓起来了，浊黄色的波浪惊心动魄，直逼天边。小小的姑娘就这样站在江边，被世界的博大壮阔震得呆若木鸡。然而富春江大多数时候是温柔的。童心荡漾在对岸的江畔，细沙漏过趾间，踩着一粒粒的小贝壳，抬头一看，好大好亮的天空啊！

放农忙假，这是城里的孩子们没有的，我经历过。我们路过一片成熟的稻田。有人问，这是谁的稻田？为什么没有割？是公家的吧！管他的，下田去割稻子。

午睡永远让人心烦意乱，因为睡不着。正午阳光下，在小城的巷子深处横横竖竖地走。碰到一个男同学，也睡不着。彼此勘破机关，但互相不动声色。你打一个哈欠，我也打一个哈欠，作初醒状。

离开你了，富春江，是沿着你的江水离开你的，是坐船离开你的。一寸一寸的水，把我送远，拐一个弯，吴山青，越山青，小城不见了。

三生石的故事

　　我最早知道三生石时，几乎还不是个豆蔻少女。偷偷地把父亲书架上唯有的一部古典戏曲《牡丹亭》取下来，连蒙带猜地看了一遍。因为古典文学的根基近乎无，所以看徐朔方、杨笑梅先生的注释，比看汤显祖先生的《牡丹亭》原著还要带劲。这样，就在第一出"标目"中，看到这样两句话："但是相思莫相负，牡丹亭上三生路。"而注释中有说到，牡丹亭是约定再世姻缘的地方。传说，唐代李源与惠林寺僧圆观（一作圆泽）有很深的友谊，圆观临死时对他的友人李源说，十二年后和他在杭州天竺寺外再见。后来，李源如期到那里，看见一个牧童，他就是圆观的后身。三生石在杭州天竺，即传说李源会见牧童的地方。

当时年少，我正沉迷于杜丽娘生可以死、死可以生的爱情故事当中，并不觉得这三生石有多少可以神往的，又加孤陋寡闻，连天竺寺都不晓得，哪里还会晓得天竺寺外的三生石！

再次听闻三生石，已经上了大学，读宗璞女士当时刚刚发表的中篇小说《三生石》，有种说不出来的典雅悲怆，哀而不怒，沉稳中的渺茫，有限之中的永恒，活着当中的死去和死去当中的活着……我被《三生石》征服了，少年时代读到的"三生石"再次浮现了出来。

便去翻查词典，何为"三生"？《辞源》说："三生"原来是个佛教用语，指前生、今生和来生，也可以称为过去世、现在世和未来世。白居易就曾经在诗中运用该词曰："世说三生如不谬，共疑巢许是前身。"

三生石缘

三生石的传说，最早见于宋代的《太平广记》，这里面的确有些怪力乱神的东西，当作传奇来读，倒也有趣，当中有《圆观》篇，便讲到了三生石。到了北宋，苏东坡来治理杭州了，认为三生石这样的故事既然是有关天竺的，就重新写一篇送给天竺寺中的僧人吧。于是，苏东坡把

《太平广记》的《圆观》篇作了一番删改，成了《僧圆泽传》。

说圆泽，却是从李源说起的。原来那洛阳的惠林寺，是从前光禄卿李憕的居家府第。安禄山攻下洛阳后，李憕以死相拼守。他的儿子名叫李源，年少时也算是个唐代的高干子弟吧，风花雪月，豪奢善歌，闻名一时。父亲一死，他似变了个人，发誓不做官、不结婚、不吃荤，在寺庙里，一住就是五十多年。寺里有个和尚叫圆泽，通晓音律，李源与他便结成了知音，他们常常促膝谈心，通宵达旦。有一天，他们相约去游四川的峨眉山。李源要往荆州方向走，圆泽要取长安道，李源不同意，说："我已经和世事断绝关系，怎么还可以往京城过呢？"圆泽沉默了半天，似有难言之隐，最后才说："我也是身不由己啊。"便跟着李源上了荆州路，结果，船驶到南浦（今武汉江夏区），见有个妇女负瓮汲水。圆泽长叹一口气，说："我不想取此道，正是因为怕见这个妇人啊。"李源可就大吃一惊，不知何故了。圆泽说："这个妇女怀孕三年，我不来，她不能分娩，今天既让她见了，我可就天命不可逃了。三天以后你来看那婴儿，以一笑为信。再过十二年，在中秋月夜，我将与您重逢在杭州的天竺寺外。"果然，圆泽当夜就死了，那妇女也生了个儿子。三天后，李源去见那婴儿，他果然笑了。

李源也不去峨眉山了，回头就还归寺中，一问圆泽的徒弟，原来圆泽早立有遗嘱。

过了十二年，李源就千里迢迢从洛阳来到吴越杭州赴约。那一天风清月朗，正是中秋，葛洪川畔就来了一个骑牛的牧童，一边叩着牛角一边唱道：

> 三生石上旧精魂，赏月吟风莫要论。
>
> 惭愧情人远相访，此身虽异性长存。

李源一见，真是悲喜交加，大声问道："泽公别来无恙?"

那牧童倒是从容不迫地说："李公您可真是个讲信用的人啊！不过您尘缘未尽，还不能近我的身，等您修成了正果，我们再相见吧。"

牧童又唱了一首歌：

> 身前身后事茫茫，欲话因缘恐断肠。
>
> 吴越山川寻已遍，却回烟棹上瞿塘。

这样唱着，牧童骑着牛，消失在茫茫月夜，不知所终。

那守信用的李源呢？不管朝廷怎样褒奖他，他都不出寺，直到八十一岁，死在寺中。

如果抛开佛教那层扑朔迷离的轮回因果的外衣，李源和圆泽的友情，倒也真的可以说是生死之交了。了解了三生石，才知道，所谓生死之交，并不仅仅在于活着的时候两个人好得和一个人似的，还在于那死去的，一直还在那活着的人心里活着，好比那魂儿都附在了活人身上一般。死而投胎复生的事情，我至今仍不信，信的便是那种渴求朋友或爱人死而复生的极其强烈的愿望。这种愿望的源头不是理，而是情。"情不知所起，一往而深。生者可以死，死可以生。生而不可与死，死而不可复生者，皆非情之至也。"

那么，所谓三生石，便也可以称为"情之至石"了。怪不得贾宝玉前生是块石头，他就是个重情到了极点的人儿嘛。

法镜寺外，寂寞独处的三生石

我亦性情中人，便生寻三生石之心。初冬时节，万物萧瑟之时去了灵隐。灵隐山门照壁上书"咫尺西天"，它也是天竺寺的山门，此处转而向南，山路逶迤、老藤古树、竹林茶园。那一蓬蓬茶园，有的如一朵朵硕大的绿牡丹缀在山腰，有的又如一把把撑开在地上的绿伞，一溜的长排。三生石，就在这三天竺的下天竺旁边。

我进了下天竺的法镜寺，静悄悄的，全无咫尺之外灵隐寺的喧闹，香火倒也旺盛，但看上去要更纯粹一些。前前后后转了一圈，曲径通幽处的意境倒有，禅房花木深的景象却无。问了几个善男信女，无人知晓三生石，不禁黯然。想，如今世道大变，友情也罢，爱情也罢，均瞬息万变，今生都幻化得眼花缭乱，哪里还有前生与后生的永恒的主题，这三生石便被冷落了又怎的？正嗟叹，幸有园丁手沾菜泥，指点迷津。善哉，三生石在寺外，要沿着墙外走，前有小桥，过后再问。

遂过小桥，三生石倒未找到，却喜出望外地发现一条三生路，狭而长，满地黄叶，皂荚树夹道相迎，旁有乱石如林，藤葛如麻，山草如发。原来此处之石如此俊美，无怪与飞来峰比邻，无怪白居易在杭任满离去时，"唯向天竺山，取得两片石"了。我一个人在其间走，偶一抬头，但见法镜寺在苍天衬托下，有着说不出来的冬日的生机。那潜伏着的尚未实现的一切，现在正被默默地、热情地祈祷着，三生石，你在哪里？我一定要找到你！

回头见一空旷菜地，有老媪拾柴。我问三生石，老媪手朝后一指：喏，那不是！

便见那三生石，状如圆盒，大似卧床，石一端的隆起部位有四五个杯口大小的圆洞，洞洞相连，玲珑剔透，石背面镌有"三生石"字样。三生石畔的摩崖之上，从前多有唐末的题词铭刻，年久风化，不可辨认，唯元代至正元年（1341）太史杨瑀和翰林张翥的留题依然清晰。

寂寞的三生石、友谊的三生石、情到极致的三生石，没有人再来到你的身旁，如今我来了，孤独地面对你。我不是李源，因为没有圆泽。但三生石还在，天地间那种生生死死的情缘不灭。所以我愿意与你抱膝而坐，相看两不厌，我在等待，等待某一个中秋之夜，牧童再来，叩角而歌："三生石上旧精魂，赏月吟风莫要论……"

走读西湖

一

风雅从湖西开始，也许是再顺理成章不过的事情了。

"西"是一个迷人的指向，一个浪漫的地方。西湖之西，是西的重叠，是西的强调，是西的极致。在西湖的西边，我预感了那种令人怦然心动的神秘的美。

在语焉不详中寻找历史，在茅道芦巷中叩访遗踪，在锈迹斑斑中擦拭亮光，与长眠的人文、历史和自然共同经历苏醒，与这块城市的湿地共同呼吸绿色空气，并沉醉在其间，那是一种怎样的感受呢……

二

朋友们若是第一次到杭州来，由我引领游西湖，我首先带他们去的，必定就是孤山。

我个人以为，凡到杭州来的游人，首先到的应该是孤山。用一到两天时间，把孤山初品之后，再散向湖上各处。都说纲举目张，孤山，就是西湖的纲。

你在这里将领略西湖的深度——文澜阁与《四库全书》是标志；你在这里将见识英雄美人——秋瑾的碧血和苏小小的爱情；这里有高僧与处士，梅妻鹤子与春雨尺八让你尘虑尽消；你在这里将领略中国文化的博大精深，西泠印社的金石书画会让你知道什么是艺术的高山仰止。你也能在这里丈量西湖的宽度，见识西湖的高度。在这里鸟瞰西湖，从四照阁上投下你的目光到三堤与三岛，你才知道什么是天城。你应该参观浙江省博物馆和西湖美术馆，将浙江的文明史大致领略。然后，你应该到楼外楼去品尝西湖。当你缓缓归去的时候，无论走灵隐路，走白堤，还是走北山路，都是美不胜收的路径……

三

尽管西湖有许多令人迫不及待地要看的地方，我还是以为，对西湖的水的游历是根本的。因此，湖上，是你走向西湖的核心部分。

湖上，在地理概念中，并非一般意义上的西湖的湖面上，近现代社会生活中，江浙一带文人，往往喜欢把上海称为"海上"，把杭州称为"湖上"。

虽然如此，我这里的"湖上"，依旧是以湖水为根本要义的。湖上的三堤，除了杨公堤我们已经在湖西之行中领略过了，其他白堤和苏堤，那就是天才大诗人写在西湖湖面上的大诗行，我们不去亲历，怎么心领神会呢？湖上的三岛，那海上仙境、理想世界的人间再现，是一定要登临的。由此，我们可以加深中国文化中关于至美至善世界的身心感受。

20世纪上半叶，有人评点杭州的市色，认为应该是湖色。而所谓的湖色，就是一种类似于林黛玉的"黛"那样的颜色，偏于青色的。

然而苏东坡的湖色有光，水光潋滟，那是明亮绚丽之色、五彩缤纷之色。总之，湖上，就是万千气象、瞬息万变、无穷丰富的美……

四

而空蒙的山色中，就隐藏着许多的事物了。因此，杭州的山，是值得探究的山，是要花一点功夫进去的，用一点心力进去的。在杭州的山间，一味的感官享受是不可取的，你最好有一点准备，了解一点儿往事，知道某些掌故。这样，杭州的山虽然不高，你却会越走越深。

杭州三面环山，山山各有风貌，我选中的那几座，则是人文和自然含量相对丰富的。我总是偏向那些有人的精神渗透其间、有人的印记分布其间的景观。你游览其间，不知不觉，甚至把山本身都给忘了。

因此，对杭州的山的欣赏，真的是从山脚的第一步就开始了，从进入山门就开始了。山不在高，有仙则名。高度在这里，不是标准。杭州的山是不高的，杭州的山，又是极高的，这就要看你用哪一种态度去登临了。

五

为什么如此飘飘欲仙的轻盈的西湖，却又有雷霆万钧之重？

西湖是没有人敢轻薄的地方。西湖，已经光荣地被英灵们选中，她是伟大的心灵最好的栖息地。

由此，我想起了瓦莱里的诗句："多好的酬劳啊／经过了一番深思／终得以放眼远眺神明的宁静！"

也想起了钱塘乡亲袁枚的诗："赖有岳于双少保，人间始觉重西湖。"

要把游戏的心情放下，带着虔诚的信仰去那里，像朝圣一样地去朝拜岳王庙那样的地方……

六

而西湖的有些地方，则是智慧之地。

杭州在历史上是曾被称为东南佛国的。杭州的佛事之盛，有目共睹。环湖的寺院，如今许多已经云散，那存在的，便就越发似庄严佛国了。

杭州的道教与基督教，也有它们各自的渊源。它们相安无事地聚集在湖上，各有各的信徒，各有各的欣赏者。

有许多人并非因为相信来世而去烧香。就我个人而言，所有宗教的庙宇，都是艺术殿堂。

西湖集中了三大宗教中的一些重要事项，是人们在湖上游历时增长知识、开阔眼界、启发智慧的好去处。

七

杭州，岂是那三言两语说得清楚的？我从小生活在杭州，自以为"家在西子湖上"，但依然说不清杭州。杭州是可观的。杭州与西湖一体，游湖带着游城，游城又带着游湖。在那样的重叠之中，一次次地游历，你会爱上这座城市。

比如，很少有人到杭州的孔庙去，而孔庙的碑林，实在是值得一去的。你去热闹的市井的清河坊，再走几步路，就能看到那读书人的孔庙了。

你还非常应该去问一问杭州的茶。你在湖上喝到的茶，在别处的确是喝不到的。

至于各个博物馆，至于胡雪岩故居，至于大师们的画室，它们都会引你走进这座城市的心脏部位，让你感受这个城市的心弦的跳动、这个城市的灵魂的呼吸。

这些镶嵌在城市深处的珍珠，是要你做个有心人，一粒粒去捡起来、穿起来，再挂到脖子上的。

西湖是一座书院，我们是书院的学子，我们在湖上走读。

深巷从此有晴窗

　　若真把杭州孩儿巷98号作为陆游八百年前一脉诗魂的栖息地，人们怎能不由此想到那杏花春雨的江南呢？"小楼一夜听春雨，深巷明朝卖杏花"，陆游为孩儿巷平添一道缠绵的古典意韵。

　　现在我们姑且以为那孩儿巷98号就是陆游住过的地方吧。我们想象南宋年间那骑马客居京华的大诗人，因为世情的凉薄而生倦意，在此深巷内长夜枯睡，春雨入梦，将醒未醒中，只听帘外楼下一声悠扬："卖花儿啊——杏花要哦——"

　　我想象那"杏"字，按照杭州人的方言，是一定要念成"杭"音的。而诗人便在这一声莺啼般的婉转之声中醒来了。他用眼角的余光看到了窗口的晴光，他想重新回到梦中，但心却有些不舍，开始想象那卖花姑娘的窈窕，突然，他起身，边披衣衫边推窗眺望，他看到了卖花姑娘的衣裙的一角。花儿与少女，都朝那众安桥方向远去了。

啊，还是晚了一步，如人生中许多紧要关头一样。他有些惆怅，但不是深深的失落，虽然深巷的青石板路依旧凉湿，但天空是晴朗的了，分明有鸟儿从对面人家门口的柳条里飞出，自由地飞向天空。诗人坐下来了，难得的清闲，他研墨草书，又对着窗口，碾茶饼成粉，以此分茶。一道春天的阳光，从窗口探入，温暖地亲吻着矮纸、砚笔和天目茶碗，含情脉脉中仿佛又传来那未曾照面的卖花姑娘的如歌之声……

流浪的诗人想：这不过都是一些游戏的心情罢了，大丈夫的一腔鸿志不是依然在风尘中奔波吗？但回家毕竟是令人欣慰的啊，况且清明又将要来到了呢！

杭州有多少条这样的令人遐想的小巷啊！曾经专门去找过戴望舒的雨巷——在大塔儿巷徘徊，油纸伞没有了，撑油纸伞的姑娘自然没有了；紫丁香没有了，紫丁香般的愁怨自然没有了；亮晶晶的细雨没有了，如诗如梦的雨巷自然也没有了。

然而，毕竟有了一条这样的小巷，那幢古意犹存的小楼上，有一扇晴窗，终于为听雨的人打开了，为听卖花声的人打开了，为那些浪迹的情怀打开了……

一个人的除夕夜

　　就像团圆是被分离显现出来的，热闹是被寂静衬托出来的，聚合是被独处凸举出来的一样，热气腾腾的除夕之夜，是被年三十那貌似萧条的下午引导出来的。

　　曾经有过许多那样的年三十的下午，我在我们这个城市的大街小巷里穿行，暮霭沉沉中，心中亮着一盏家的灯。家里是什么都会有的——孩子的叫声和大人的笑脸，饺子的香气和火炉的炭星，窗棂上的纸花和中央电视台的春节联欢晚会。而此刻，我正独坐在电车上，在难得清静的电车厢里摇晃着身躯，因为没有了往日里的人头攒动，内心竟然怎忑起来。眼前闪过了冬日里的梧桐树，一株，一株，一株，相隔并不远嘛，但毕竟还是一种相隔。让人同情的梧桐树啊，它们分离着，不能团聚，也不能过年。一转念想到亲情，热情涌上来，急不可耐，踮起脚就望着我的家，只看到家的方向——亲人们啊，我想你们想得发疯，虽然我早上才和你们分别。

那一年的年三十下午，我没有奔波，没有貌似萧条的热闹来临前的寂寞。我如冬日的梧桐树，被亲友们分离，种在一张病床上。我是躺在床上等待除夕的，那一天我独自度过了农历岁末的最后一个夜晚——谁知道，这也许真的就是我一生中唯有的一次：一个人的除夕夜。

一个人的除夕夜，其实不是一个人的。长眠南山多年的父亲来和我团聚了，他慈爱的面容一如生时。他说："还记得吗？十年前有过一个除夕，全家都是在病房里度过的。从家里搬来的九英寸的黑白电视机，不是一样看了姜昆的相声了吗？小小的电炉，不是一样下出饺子了吗？遥远的市声，不是一样把久违的爆竹递过来了吗？大家都知道不会再有下一个这样的春节了，可我们不是照样讨论着明年的除夕之夜吗？"

在这些明明灭灭的幻象中，我看到一些平时不想看到的背影，就像那年年关的大雪，飘进了我的一个人的除夕夜，像一张旧相片，从岁月的显影水中浮出来了。我是跟着这背影梦游般上山的吧，我听到山间竹梢被雪压断的声音。我还想起那个年关的守夜人，寂寥而微醉，惬意地行在山间；想起"寒夜客来茶当酒，竹炉汤沸火初红"的友情；想起一如背影般的绰约的无声的漫天飞雪——此刻，它们一起飘然而至，来到我的窗外，又恍然而逝……

一个人的除夕夜，却也不是一个人，有一个生命在腹中陪伴。她太好了，又真又美又善，她还没有出生，就开始和她的亲人一起过年。整个除夕之夜，她都在对我说："要等待，要宁静地等待，要一如既往地等待。明年此时，我会来到你的怀里，并朝你笑，把未来所有的梦给你。那时，因为有我与你同在，所有与你共度除夕的亲人和朋友们，无论他们和你在一起还是已经离你远去，都会重新在那个夜晚，回到你的心里。而我，我就是你的永恒。我是为你而生的——而你，你的一个人的除夕，正是为我而度过的。"

我是您的女儿子

　　许多年前，往事如烟，春江花月夜。泥炉微红，您微醉，暂解戎装，手持小书一卷，您说："女儿子，我要给你读诗了——咔嚓咔嚓，是谁家的姑娘，一大早起来，就织布纺纱？"

　　"是谁呢？"您严肃地明知故问。我的小心灵，因为激动而迫不及待："父亲，我的父亲，告诉我，是谁家的姑娘，一大早起来就'咔嚓咔嚓'呢？"

　　"哦，是我们的插秧机……"

　　我看见您满怀深情地歌唱着一台半自动化机器，那是您在给民兵同志们做报告时萌发的灵感——您一直便是一位有着文人意趣的军人，而我则如释重负——我终于知道是谁在"咔嚓咔嚓"了。原来这样的生活是可以那样来咏叹的，而在那样的咏叹中，插秧机可以是一个姑娘。多么好，我的父亲！因为您的女儿子，正是在那样的片刻，从您那里，听到了诗。正是您略带醉意的抒情之指，不经意地一拨，您的女儿子，便在那个富春江畔的小镇的夜晚，有了缪斯之神赋予的命运。

许多年以后，您重病住院，略带不满地靠在病床上要求我："不要总想在杂志上发表文章，在报上发一些小豆腐干也可以嘛。"父亲，我明白您这顺便一说中的微言大义，我连夜奋笔疾书，几天后，"小豆腐干"得以见报。父亲，直到今天，我都可以想象您是怎么样装作漫不经心地串着病房门，您是怎么样煞费苦心地终于把话绕到当天的报纸上，怎么样终于指着那"豆腐干"说："那是我女儿子写的……"听者羡慕地睁大眼睛，说："老王，您的孩子很有出息嘛……"您忙答道："哪里哪里，刚刚开始起步，离出书还早着呢……"可您心里的那份得意啊……父亲，今年春天，我真的向您献了一本书，您在厚厚的墓碑下却没有声音了——七年了，彼岸是多么不可思议啊，我的叹息之声，能够涉过忘川传送到您耳边吗？

父亲，您是我的童话。有一天，您兴冲冲地回家，拎起一双半高跟鞋就走，边走边说："巷口有个鞋匠，能把一双鞋变成两双。"一个星期后，你垂头丧气地拎着那双被割制成凉鞋的靴子回来了。父亲，我真像您。我也总是拎着生活这双鞋兴冲冲地跑出去试图换成两双，我也总是垂头丧气地拎着那双被割得面目全非的鞋重新回来。可是我谁也不怨，因为我继承了您，谁叫我是您的女儿子呢？

然而父亲，难道您不是我夜半的忧伤？当我还是那个小小少女时，我曾经在某一个夜晚哭泣。父亲，您为什么来到我的身旁？您抚摸了一下我的头发，说："别怨爸爸没有帮助你，爸爸在这方面是无能的。"那一年我就读的班里一下子走了十三个去当兵的同学，而父亲恰恰是在市里负责征兵的军方代表。也许正因为如此，我反而想走而走不了吧。父亲真的是一个纯正无私的军人，一个很好的有人格魅力的人，一个集体主义者，一个公而忘私的人。也正因为您没有用那样的途径为我谋取前程，我才有能力在恢复高考的第一年把自己送进大学吧！父亲啊，那一年春天，您是多么骄傲啊！您对我宣布："女儿子啊，爸爸在大院子里走来走去，爸爸的脊梁骨挺得笔直呢。"

当我已经学会不再在您面前流泪时，您还抚摸过一次我的头发，那是您病重时。我替您洗脚，您拎起我的大辫子，说："头发太长了。"可是父亲，我知道您其实是在说："女儿子啊，我太爱你了。"从医院回来，我在家中的阳台上为父亲的新军装缝领章帽徽，那是您为自己遗体准备的衣裳。冬日下午的阳光多么好啊！被阳光照耀的生命多么好啊！但是父亲啊，您就要隐于冥间，您就要与我永别了……

　　我的体弱的父亲，您瘦小、多病，从不叱咤风云。在劫难的年代，您被揪到台上去时也总是陪斗。有一次，您被扒掉军装，母亲送给您的纪念钢笔也被人摔断了，您也不吭声。有一次您被人家放狗咬了，回家，指着伤口说了句"被狗咬的"，就再也不说什么了。但是您真的是英雄。那一年，鬼子打到了您的家乡，您就从一个山里的少年转为一名勇猛的军人，从此再也未脱军装。您有很多勋章，您从来就是我眼中的一位心事重重的勇士。在童年，我曾亲眼看见您和母亲冲进火海救火，我们四个孩子就离火海咫尺，而你们连目光都来不及向我们斜一斜。父亲，我永远记得您面向大火的背影——一件绿毛衣、一条军裤。您的身边，是我那长辫子的身材苗条的母亲。你们的面前是一片冲天火光，你们身后，是你们的孩子惊惧而又崇拜的目光！

我们这座城市的外婆家

　　无论你如何地来钩沉西溪与文人之间的深刻关系，无论你把西溪和西泠、西湖合称"三西"，抑或你干脆直接把西溪誉为"副西湖"，西溪和杭州这座被称为"人间天堂"的城市，乃至于和西湖这个被称为"地上明珠"的湖泊，都是不同的。虽然它们是有渊源的，就像外婆和我们是有血缘的一样。

　　数百年前的西溪或许不是现在这样，那时候的河湖港汊未必与现在有什么不同，不过多了一些芦苇雅舍，然而也足以在杭州城郊外形成一批文士的别业、一个田园群居部落。必须明白，在中国传统文化中，有一些词的指向是非常奇妙的。比如渔父，往往是大隐士的别称，而田园，则是传统知识分子的理想生活境界。故而我们可以想象丁氏兄弟往来的西溪，当年是如何的诗情画意，不沾红尘。梅花和寒雪这两个具有象征性的意象在西溪是一个都不能少的，王子猷若生活在那个时代，亦当泛舟乘兴而归去来。

然而，即便如此，当时的西溪，仍然给我一种外婆家般的无比亲切的感受。它和灵隐天竺的香火气，和吴山的红尘气，和南山路一带的皇家气，和北山路一脉的玄妙气，还是不同的。想到西溪，便闻到了小虾炒年糕的家园气。是的，西溪有许多的小桥，足以让人们回想起童年的歌谣——摇啊摇，摇到外婆桥，外婆给我吃年糕……

难道如西溪那样的自然风光，在我们江南的别处就无处可觅吗？恰恰不是这样。西溪的好，恰恰就因为它让我们想起我们曾经走过的江南水乡，想起那些被方志敏那样的烈士在就义前一唱三叹的祖国母亲的美丽景象。她们是那样的迷人而又不事张扬，而且处处皆是，也不以为自己就是被埋没的珍珠。唯有在杭州，西溪是稀罕的。人们长久地流连忘返在西湖这样一个独特的美人身边，难免会有如尝味精一样，鲜得必须稀释了才能消受的审美疲劳。又好比总是面对林黛玉这样的才情女子，天天要打起精神对付，一下子碰到一个平儿这样的家常女儿，一点也不做作，你或许便会想，当作情人或者红颜知己，固然黛玉为首选，若说选妻子，还是平儿吧。

正是西溪的这种浓浓的家常气质，吸引了我。在河流的深处，有小桥流水人家，还有真正的渔父。农民在田野里耕作，农妇在河边浣衣，小小的旅舍门口有真正的小老板招手。有渐入佳境的水网深处，但不要一惊一乍的人造景观，因为西溪是外婆家，放假了就想来玩。它是永恒的、日常的、不动声色的，真正的茅舍竹篱式的，不是大观园里的稻香村。

然而西溪也断然不是那种大字不识一个的外婆，乡村田园的情调后面衬着一片阳春白雪。西溪是错落有致的，并且你总会和一些江湖上的闻人不期而遇，就像江南小巷深处总会迎面走来的那些奇特的诗人或者私塾先生。别想着到西溪去看热闹，赶庙会也未必要去那儿。只有当你想着到一个地方浮生半日休闲之时，到那里去才是合适的。

如果我要去西溪，我要到它的水中央，找一个地方，身旁是水，眼前是绿，头顶是天。我要在那里，一待一天。我要坐在躺椅里，喝一会儿香茶，是龙井茶之外的农家自炒茶。我要看一会儿书，迷糊一会儿，睡去，做一个醒来就忘记的梦，然后再看一会儿书。我的家人在不远处钓鱼，我能听到他们的说话声，而我自己则是不去钓的，因为在外婆家，天经地义是要放松的。到这里你还得辛苦，全世界还有什么地方你能歇着？

　　然而西溪的鱼还是要吃的，茭白也很重要，螺蛳是绝对不能少的，还有河蚌汤，这些食材都是从西溪的水里摸上来的。要是能在下午万籁俱寂时听到公鸡的一声叫，那种少年人才有的甜蜜的惆怅或许还会泛起。这时芦苇便在风中一阵窃窃私语，然后要是有一只水鸟突然惊飞，恍惚间，你便"不知有汉，无论魏晋"。

　　傍晚时，薄暮降临在西溪上，天空变得很亮，而河水却黯黑了，西溪便有些不可测起来。小舟咿呀着过来，你无可奈何地起身，你要回到那万家灯火的城里。你想到那不远处的滚滚红尘，又亲切又烦恼。而西溪给你的就是一种感觉——松弛。

　　你想：我什么时候还要再来的，哪怕一个人来，只带一本书。我要来，就像我的求学时代，放假时回到我的外婆家。

尚能酒否

　　父亲说他当年打仗的时候并不喝酒，他的行军壶里盛的绝对是水，但这并不妨碍他成为一名战斗英雄。因此，我看电影中有些勇士打到狠处时就灌酒，大不以为然。人说酒壮英雄胆，父亲打仗不喝酒，照样英雄胆气，勋章满胸。

　　父亲后来没仗可打，没机会再当战斗英雄，却反而喝起酒来。可见和平年代有和平年代的刀光剑影，得有壮胆的东西陪着。

　　喝酒对我的父亲实在是不利啊！酒未抚慰父亲的关节，倒把他的心脏侵袭了，然后大举进犯了他的两肾。父亲真的不能喝酒了，但母亲不在身边，军人和他们的妻子往往是两地分居的，而生活在军人膝下的孩子们就往往成了军人的酒童。

"五花马，千金裘，呼儿将出换美酒，与尔同销万古愁。"父亲没有五花马，更没有千金裘，但父亲用薪水换高粱酒的太白遗风是一以贯之的，我们就常拎着酒瓶去满足父亲的嗜好。作为长女，我总要在拎着酒瓶归来的同时南辕北辙地声明一下："妈妈不让爸爸再喝酒了。"而父亲则急急忙忙地指着瓶中那根已经被泡得毫无精气神的人参，说："什么话，是人参酒，是药酒啊！"

有一天夜里，父亲没有回家，军医倒是气急败坏地敲开了家门，消息是关于酒的，但很不好，父亲已经被送到部队医院抢救去了，是从酒宴上直接送到急诊室去的。那一天是父亲的节日，"八一"建军节，士兵们会餐的日子。

实际上父亲因为欢聚而喝酒的日子并不多，常常看到的倒是那个愁闷中独饮的父亲。晚年的父亲非常忧郁，非常非常忧郁，我认定那忧郁是从1966年之后开始的。他是军人，但浩劫中未能幸免，挨斗回家，第一件事情就是喝酒，边喝边发脾气。我害怕父亲酒后的焦躁，但理解他何以焦躁，何以发火。真奇怪，那时我还不到应该懂得酒与人之间关系的年龄，但事实上我已经懂了。所以，有一次他被突然抓走半个月，我知道后去他的拘禁处，别的没带，就带了两瓶酒。

酒多伤身，父亲终于成了医院的常客。医生可不是女儿，来不得半点通融，父亲便没有了喝酒的机会。

但父亲是机智的，他买通了我，嘱我瞒着母亲，到医院为他送酒。

酒是要重新包装的，放在盐水瓶里，万一被医生发现，亦以为是药。喝时，倒在一个极小的药瓶里，这个药瓶，也就是酒杯了。有一次我去看父亲，父亲正对着那小药瓶喝得津津有味，见了我吃一惊，举起药瓶说："我正在吃药呢!"

我连忙说："爸爸放心，我不是妈妈。"

爸爸生气了，申辩说："我真的是吃药呢。"

我过去闻一闻，什么呀，我自己送来的东西我会不知道吗？不过我认真地点点头，说："真的呢，真的是药。"

父亲住过许多次医院，我给父亲送过许多次酒——我爱父亲，我爱他酒后快乐的神情，我受不了父亲无酒时颓唐的神情。没有一个医生发现过我与父亲之间的这样的关于酒的秘密的地下通道，可是父亲，我不知道我究竟应不应该这样做——当您长逝之后，我无法再让您回答关于酒的一切问题了。

终于有一天，父亲说他不想喝酒了。全家人胆战心惊地听到了他这样懒洋洋的拒绝，我们面面相觑，心照不宣——父亲不再喝酒了，没有什么比这消息更可怕了。

我们从天天盼望他戒酒到天天盼望他喝酒，我们给他买高档的酒，盼望他在全家人赞许的目光下光明磊落地喝。

但父亲永远不再喝酒了。

每年清明，我们去南山扫墓，都要给父亲献上一杯茅台酒。这是他生前就留着的，他似乎一直在等待打开它的那一天，那一天终于到来的时候，酒和我们在此岸，而父亲一个人，在彼岸。我无法理解，父亲，您生前如此钟爱的好酒，您舍不得喝的最好的酒，为什么当您逝去时，我们才让您隔着厚厚的墓碑喝它呢？

是谁教会你那个"爱"字

　　许多年前的春天，那个清明节的清明时分，父亲永远闭上了他的眼睛。临终前，他看着围在他眼前的家人，轻轻地叹息："没有福啊!"

　　谁会忘记失去亲人时的刹那间的巨大绝望——如果他或她经历过这一切——那种慌乱、恐惧、痛苦和不知所措。最初的后事在几乎毁灭性的打击中进行，母亲让我在所有的人走之后最后一个离开医院。她虚弱得已经抬不起头来，痛苦得几乎发不出声，但她交代我的事情我一件件记在心里。她要我收拾好父亲的所有的遗物，包括换下的衣服、吃饭的碗筷、平时翻阅的报纸杂志、剩余的医院的饭菜票。她要我临走前把父亲住过的病房扫好地，关好门窗，所有的杂物都要带回家来处理，不要丢在医院里，给别人添麻烦。最主要的，她要我到那些医治过我父亲的医生和护士那里去——表达我们全家的谢意，感谢他们对我父亲的精心治疗。我母亲唯恐我忘记了谁，还点了几个我容易忽视的人的名字。在这样的时候，母亲也没有忘记对我关照，床头柜上的一束桃花，是我在医院内的小溪旁摘来的，母亲让我不要带出医院的大门，因为它是公家的花。

母亲在这样的一生最痛苦的时刻，强忍悲痛而展现出了惊人的母爱。因为她的教诲，我带回了父亲临终前换下的那件内衣，直到今天它还珍藏在我的箱子里。我还带回了父亲的一只筷子——我无法解释这样的神秘，这双父亲结婚时买的筷子，随着父亲的逝去竟形影成单。我去向那些爱着我父亲的人告别，转告我母亲的深深谢意。路过医院内的小溪时，我也没有忘记把桃花送入水中。

母亲抱着父亲的骨灰，陪着他看电视。骨灰入土那天，她捧着骨灰盒绕过了整个西湖，她要让她爱着的人再看一眼人间天堂。回到家中，她把父亲的遗物细细分好，有的留下，有的送给亲戚朋友，作为永恒的怀想。

一个月后，我又去了医院，退还饭菜票，还带去了母亲专门为一个护士买的瓜子——母亲说，这个护士喜欢她曾经买过的这种小闲食。

我想说，如果我的母亲被人们认为是一个成功的母亲，并非因为她养育出了一个所谓的作家——对母爱而言，这未免太渺小。母亲之所以成功，乃是在她自己最需要爱的时候，依旧天然忘我地爱着他人，并教诲我们像她那样去爱。这种克制着自己的极度痛苦，依然施惠于他人的言传身教之爱，使一个女人展示出一种从容不迫、雍容高尚之美。母亲从年轻到年老一直保持着美好端庄的气质，不是刻意为之，正是由她的独特的爱的方式决定的。成功的母爱，不仅把爱施与儿女，还把爱的天性启迪于儿女，并且把爱的能力和方法也传授给儿女。正是世间母亲们那种从痛苦中诞生的绝对伟大的爱，给爱以无涯的深度与广度，使爱能以薪尽火传的方式，代代相继，人类因此而有了创造和生活的光明。

　　现在我也是一个母亲了。当我女儿把手里的糖先递给身旁的伙伴时，我想：至少在此时此刻，我也是一个成功的母亲。

等花落下来

花的声音，是要听出来的，这和美是需要人去发现的一模一样。

世上最清洁的花

所有的花都是清洁的，荷花是其中最清洁的那一种；所有的花都离不开水，荷花是其中须臾不可缺水的那一种；所有的花都可献于佛前，荷花是请佛就座于其上的那一种。

人们怎么可能不爱荷花呢？她呈现出的万千气象，每一种都特有芳姿：红莲、白千叶、红千叶、红台莲、佛座莲、墨荷、并蒂莲、孩儿莲、绿荷、白碗莲、寿星桃……人们怎么可能不像对心仪的女子一样地用千百种爱称来低吟她的芳名呢？她拥有莲花、菡萏、芙蓉、藕花、水芝、水芸、泽芝、水旦、水华、玉环等诸多昵称，又怎么可能不是天经地义的呢？

无疑，她是一种古老的花，几乎世上所有的花都是古老的，她们中有许多在人类尚未出现的时候就出现了。但荷花给人的感觉更为悠久，也许是因为她与佛相伴吧。古印度阿育王时代的古建筑遗址中，有着一种大型的柱头，上有一朵石塑的莲花，被公认为印度艺术中最古老、最普遍和最具特征的象征。她的形象是直立的，花瓣下垂而花蕊微露，代表着世界的子宫。或者因为她是自然表象中极美丽的一种，便正好做了神的座位。说到底，佛是从人心里诞生的，与佛相伴，其本质就是与人相伴啊。

再没有比荷花更安静的花了，所以在植物学里，她是被列入水生植物中的睡莲科的。和海棠花不一样，海棠花是佯睡之花，是把睡状作为美显于他者的花，"只恐夜深花睡去"，是因为这样睡而诞生的诗行。荷花，则是那真正睡去的花，是涅槃之花。

浸润在禅意之中的荷花，其实就植根于人间烟火之中，与此同时，她却又不食人间烟火。这样的意象，没有比杭州西湖曲院风荷的荷花更鲜明的了。西湖生来为荷之乡，白居易和苏东坡筑完了他们各自的堤之后，第一件事情，应该是在湖上植荷吧？所以白乐天才有"绕郭荷花三十里"的诗行，苏太守才有"荷花夜开风露香"的赞叹。那个时代的知识分子往往是以花草来象征人格品行的，"出淤泥而不染"之所以流传至今，便是荷之人格化的例证吧。而杨万里写下"接天莲叶无穷碧,映日荷花别样红"之后,对荷之击掌盛誉的时代到来,再不以特有方式为西湖的荷花命名,似乎说不过去了——位于洪春桥畔的从前的酿酒厂旁的湖水中,南宋的荷花开得何其美啊!"曲院荷风"的景观应运而生。直至清代,那又信道教又爱花的浙江总督李卫为迎接康熙皇帝南下,特在岳湖中种植荷花。康熙大概是为了表示"朕已到此一游"的意思吧,把"荷风"掉了一个头,从此改为"曲院风荷"。酒与荷,一纵一禁,一张狂一收敛,是怎么样的背道而驰,又是怎么样的相辅相成呢?写过《西湖梦寻》的张岱是那种最能解花语的士人,便题诗曰:"何物醉荷花,暖风原似酒。"

至于三潭印月的荷莲,则是与月来相约的荷,是禅意加禅意的荷。时人便说:"石桥九曲,红荷万花。清气扑人,浑忘酷暑。有时明月初上,翠袖偕来。一曲瑶琴,游鱼窃听。长夏消遣,此为最佳。"琴声、荷香、明月、游鱼、美人,那是怎样的一种古典意境呢?

荷花如此不辜负世人,世人又怎能辜负荷花呢?所以便有无数有心人来为荷花写真,从前画荷最有名的丹青大家,是浙人王冕。究荷之生平,写荷之百态,赞荷之精神,这应该是人花相映的又一次相辅相成吧——花的故事,是永远也说不完的啊!

等花落下来

　　桂花花开时节，不单单是闻那花朵儿香的，也是听那花籽儿声的。

　　我家离植物园近，那里有无数秋桂压枝，引得蜂狂蝶舞。日间，人面桂花相映黄（或者相映金、相映丹——视花色而定）；夜间，没有光了，声音便升了上来。

　　已经有好几年了，秋日，只在夜间与花魂相会，听听她走近我的声音，那是天籁。

　　花再闹，夜里访者终究少。比如睡美人，能见到的毕竟只有特别亲密的那几个，带有幽会性质，所以是要单独出发的。

　　植物园的桂花侍者们却不明白。每次我去，她们总问：

你一个人？

我说，我一个人。

她们便大有深意地看我一眼，以为我在失恋，模仿林黛玉，做寻花葬花状，却不知我正被那空气熏得陶醉。

花香，是在未见花时才能闻到的，就如自己的妻子，是在未成为自己的妻子时才赛过西施的。因此，坐在了花下，未闻到花香时，你千万不要以为花不香了。

要有怜香惜玉之感，这一点很重要。因为此时花儿已铺了那桌儿凳儿一片，你就坐在那花床之上。你的脚上是花，头上也是花，肘上、手上也是花。你身后没有光，花在暗中，于想象中重叠成无数。

奇怪，花世界一片，却没有一点儿声音，蜂与蝶儿，都不来了。夜的桂花，门庭冷落车马稀了。

而花的声音，是要听出来的，这和美是需要人去发现的一模一样。你不听，花儿的声音就不存在。

现在，请你泡上一杯龙井茶，在黄色的花天花地中，他就是"绿马王子"——如果世界上真的会有绿马的话。然后，你把茶杯放在桌上，你静下心来，倾听，倾听……淅淅沥沥，你听到桂花盛极而衰的声音，那青春一去不复返的声音。跌在桌上，那是生命的轻轻一磕；落入茶中，则如烈火柔情，一声唏嘘——啊！真正的爱情永远是无言的，就如那桂花落入茶的怀抱。

然后，夜再深至于极处了，人去花空了，我与桂花侍者两两相对了。她打着哈欠，耐心地等待着我。在两次的哈欠之间，她问我：你在等谁？

我说：我在等花。

等花干什么？

等花落下来……

死亡并不使我惊慌

"希望我的坟墓和她的一样，这样，死亡并不使我惊慌。就像是恢复过去的习惯，我的卧室又靠着她的睡房。"

此乃法国大文豪雨果所言，说的当然是关于死亡的事情，因为，这段话就刻在大文豪的墓碑上。

人死要葬，是葬给生者看的。"青山处处埋忠骨，何须马革裹尸还"，是英雄豪言，这种境界一般人吃不消。我母亲的故乡奉化有句极恶毒的骂人话："天外落材。"意思是死无葬身之地。其实，人死如灯灭，葬不葬身已无知觉，有知觉的还是生者。他们要有地方寄托哀思，便要有可供祭拜的有标志的坟茔。什么是标志？墓碑。一座坟没有碑，人们就说是孤坟，里面的亡灵，便也自然成了野鬼。十年浩劫"破四旧"，南山公墓的墓碑砸了个十之八九，茅草长得一人多高。家人偷偷摸摸上山，找不到地方了，便东家烧西家的香火，西家哭东家的祖宗，或者东家西家挤在一个坟前"打架"，谁都咬定眼前这个坟穴是自己家的。也有的人活着时就担心死后被人骚扰，便有言在先，也刻在墓碑上。比如莎士比亚便说：

看在耶稣的分上，好朋友，切莫挖掘这黄土下的灵柩。让我安息者得上帝祝福，迁我尸骨者定遭亡灵诅咒。

看来，墓碑的确是昭示于人的。不过也不尽然，中国人的墓碑起源于春秋，用木头做，且无一字，随死者同埋墓穴，并非供人读记。后来，木头变石头，穴内变穴外，无字也变有字，刻墓主姓氏、官爵、卒葬年月。东汉以后，才成了炫耀身世的重要手段。不刻一字而炫耀身世的碑也有——武则天的无字碑，那叫标新立异，不可入常规的。

墓碑既要刻字，便分出高下雅俗，创造出了文字艺术。比如书法中的魏碑体，便是从南北朝碑志中的刻石文字而拓来。目前，中国出土最早的墓碑，年代为公元前26年的西汉时期。1852年，刻于东汉建武年间的"三老讳字忌日碑"于浙江余姚客星山出土,碑文二百一十七字依稀可见,字体介于篆隶之间。日本人欲以重金购之,遂惊动西泠印社诸人。社长吴昌硕言:"保存文物一人守之,不如众人守之。"终于集款买回石碑,且筑石屋藏之。这便是今日西泠印社观乐楼旁之汉三老石室。

我常去南山陵园,所见墓碑甚多,皆整齐划一,规定高不可超过八十厘米,为绿化故。碑文与碑石风格一致,亦大多整齐划一。但终有与众不同者,如沙文汉墓,碑文微言大义,干干净净六个字,由其兄沙孟海题:"沙文汉同志墓"。

亦有一些碑文,情深意切,读来断肠。如有一段碑文是这样写的:"你读了十三年书,教了十五年书。我们相识二十七年,同窗十年,相爱二十年。一生清风摧残终生梦,两心相融绞出一腔泪。坎坷岁月,往事依旧,都是生命歌……"读此铭文,吾愿与未亡人同掬一把泪。

还有些碑文,写得话中有话。比如说:"你的战友,终身伴侣×××,将永远和你在一起。"仔细想想,原来说的还是爱情,是"生不同辰死同穴"的革命版本罢了。

墓碑看得多了,便不由联想到自己。倘若我羽化而有葬身之地,墓碑所刻之言,不妨早早草拟。然搜肠刮肚,竟不能得。遂想起法兰西诗人瓦莱里的《海滨墓园》:

多好的酬劳啊，

经过了一番深思，

终得以放眼远眺神明的宁静！

诸位亲朋好友，可否为我记下这些诗行？

悠然见南山

悠然见南山，并非采菊东篱下。我们杭州的南山，是我父亲的灵魂居住的地方，也是数万杭州人入土为安之处。

当初年少，不知生，焉知死？后，父亲生病、住院、垂危、去世，我方明白，杭州除了南屏晚钟，还有南山公墓。走南山路至满觉陇，从动物园对面斜插入玉皇山，山路忽石级忽泥泞，几度转折，入一天然山门，满目碑冢累累。当时很惊诧，不信人间有这许多的逝者，社会有这样一个组成部分。后来信了，从此便晓得什么叫"死"。

老人说西湖，以为美则美矣，但新坟、旧坟过多。那是明清后的事。五代吴越佛国兴盛，杭人多火葬，昭庆寺有"化人亭"。明时火葬禁，土葬盛，违者重罪。这和今天的习俗恰好倒个头。

南宋时，临安多汴京人和西北流民，旅居异乡，却以期有终之年返骨故土。这种心情，想来，也是林妹妹临死之前欲尸骨还乡的文化背景。这种文化的结果，是杭城形成"厝柩"之俗。有了厝柩，宝哥哥才有地方去哭灵呀。据说从前，从武林门到笕桥到乔司，一路浩浩荡荡，放的都是那未入土的厝柩。

但入土者众。今日柳浪闻莺、松木场、浙江大学玉泉校区当年皆坟冢地。其中南山风水好，虽非坟地，但所葬者级别最高。吴越国第二代国王钱元瓘和第三代王后都葬在南山。盖在钱元瓘墓上的是一块目前世界上最古的石刻星象图，1965年出土，现存于杭州碑林。

南山公墓，位于玉皇山南麓，坐北朝南，面朝钱江，背靠西湖，如大佛抱怀状，1952年建成。所葬名人有烈士罗学瓒、郑采臣、沈乐山等人。另，大书法家章宗祥、国学大师马一浮、提出人口论者马寅初、大画家黄宾虹等名流，亦多会于此。

名士的声望与百姓的平凡，在死亡面前平等。农历七月半鬼节、冬至与清明，乃南山的节日，多少亲人来此凭吊！我家亦如是。记得父亲骨灰入土时，前后左右尚无人。第二年来，多出一排，再来再多，再来再多，直至全部填满。母亲常指着某碑说，××也来了，××也来了。仔细想想，许多当年与父亲住院比邻者，今日亦与父亲比邻。父亲如今的左邻，即从前我家左邻矣。

南山多双穴，我家亦如是。死者黑字，生者红字。初见母亲红红的名字刻在碑上，心生恐惧以为不吉。后来发现自己红红的名字小小的亦在其中，便自慰：人总是要死的，重于泰山或轻于鸿毛都是死。无可奈何地接受死吧，虽然我怕死。

渐渐发现墓地的欢娱了。公墓越来越美，终于变成陵园，中有假山池塘、小桥流水、亭台楼阁。风和日丽的清明，十多万人倾城而出，来南山，欢者比悲者多。合家老少，踏青野餐，与逝者共娱，所谓生死长乐。

当此时，坐在父亲墓前想：南山多好啊，父亲多安宁啊！另一个世界，也很温馨吗？

坐越怀楚

　　以越的心情浏览楚，是从 2002 年夏的三峡之行而起的。

　　第一次游走长江，我从长江文明的摇篮——河姆渡遗址的所在地浙江出发，从长江下游溯源而上，来到那巴山楚水的长江中游——三峡地带。以越人的目光考察楚地，在历史与现实的环境中走马观花，感受中华民族大融合的又一次迁移——三峡移民的历史壮举。在三峡移民的过程中，我的故乡浙江也张开怀抱迎候那新楚人的到来，由此引发了我对楚越人民之间的那些历史渊源的怀想。

　　越从何处来？众说纷纭。有人喜欢认为自己是正宗的主旋律式的后人，便搬来了太史公。因为太史公说，越人是大禹的后人，而大禹可以说是华夏民族的象征之一。有人则以为认谁都不如认自己生于斯老于斯葬于斯的土著先人，越人就是浙江建德山洞里那枚五万年前的牙齿的拥有者的后人。还有人认为越人是三苗，或者于越的后人。然而我却更认同楚、越同源，我希望自己是从那最初的区别于华夏的少数民族的楚而来，我为是屈原的亲戚（哪怕是最最远房的）而不胜荣幸。

"翘翘错薪，言刈其楚。"《诗经·周南》告诉我们，楚是一种植物。现代植物学也告诉我们，楚是马鞭草科中一种名为壮荆的灌木。楚为草木，而越既然从石而来，我的认同楚，岂非类似于贾宝玉认同林黛玉，有木石之前缘，命定的爱情，不可抗拒的眷恋？

然而这样的认同既是情的，也是理的。《汉书·地理志》引用了《世本》之言："越为芊姓，与楚同祖。"这从文明史上的记载中，找到了权威性的依据。当时的华夏族称我们南方的越族为"荆蛮"或"楚蛮"，那感觉，有点像改革开放前上海人称中国其他地方人"乡下人"，改革开放初期香港人称内地人"表叔"，认同中不免透出揶揄。

华夏之人如此称呼我等楚越，也不是没有一点道理。华夏人"束发加冠"，"文质彬彬，然后君子"。而我们楚越之人被发跣足，如同今天非洲的一些原始部落之人，虽然头上有没有插羽毛尚无定论，但身上是绝对画得条条道道、五花八门的。史书记载楚人"披发文身""错臂左衽"，记载越人"文身断发""越人跣行"，说明我们楚越之人的物质生活和精神生活，是有相似之处的。

楚越既同出一门，你中有我，我中有你，在中华各民族之间的风云大际会、大融合之中，自然要多出一份手足之情了。比如春秋之际，吴越争霸，吴国找了个靠山晋国；我们越国自然也不示弱，也找一个，还用说，当然是楚。

有三个楚人与吴越争霸有关，并深刻地影响了我们古越国的国运，那就是伍子胥、文种和范蠡。

传说当年伍子胥在楚国蒙难出逃，行至昭关，一夜白头，出关后又被一条大江所隔。此江便为我越地之江、郁达夫故乡之江、伴我童年成长的迷人之江——富春江。想当年英雄绝路，有越人老者渡其过江。如今富春江七里泷还有一石碑，上刻"子胥渡"，而江边也便有了胥村、胥溪、胥口、胥岭、胥源。

相传子胥翻过了一座山，终于到了吴国境地，不禁拔剑高歌：

　　剑光灿灿兮生清风，仰天长歌兮震长空，员兮员兮脱樊笼。

楚人伍子胥如此载歌载舞，直上云霄，这高度浪漫主义的激情之作，是怎样深刻地感染了我那古老的越国之先人啊！于是，此山便叫了歌舞岭。

待后来吴王夫差不听子胥之劝，将伍子胥的尸体抛进我越地之钱塘江。子胥怒气入海，素车白马，驱水为潮。这楚国的英雄，便成了我越人的潮神，千秋祭礼，直到今天。

至于越国大夫文种，其人与伍子胥的命运，可说是殊途同归。

文种原来便是楚国的谋士，他的入越乃是秉承了楚王的旨意。实际上，也就算是楚国支持帮助越国而下派的干部。因此他的入越可谓人欢马叫，和伍子胥累累如丧家之犬可谓有天壤之别。后来越国兵败，越王入吴为马夫，文种就成了越国那看守政府的总理，收拾这残山剩水三年。等国君归来，越国已恢复了几分元气。二十年后，越国灭吴，忠厚如文种者，却不相信智者范蠡之言，落得一个被逼自尽的下场。据说越王勾践送去的那柄剑，就是当年吴王让伍子胥自杀的那一柄。文、伍二人之命运，就这样被一柄剑串在一起。民间传说文种被杀，伍子胥驾潮而来，冲开文种的坟墓，两人的英魂同游东海，成了相依为命的朋友。"故前潮水潘侯者，伍子胥也；后重水者，大夫种也。"这就是越国民间对浙江大潮一日两度的诠释。

倒是文种一手培养起来的大夫范蠡，逃脱了狡兔死走狗烹的套路，成了中国历史上的大智者。范蠡是当时楚国的宛县之人。他年轻时，人们提到他，就说："范蠡，狂人耳。"我觉得，真正的楚之高人，才当得上"狂人"二字。所以李白才吟咏道："我本楚狂人，凤歌笑孔丘……"那就是楚文化对中原文化的较量之笑。而文种自然也是狂人之一，三顾范家的茅庐，所以成了范蠡的知音，才把范蠡送上了与我越国共命运的艰辛之途。

范蠡是我最为敬佩的中国男人之一。他是忠诚的勇士，故能随越王同入吴，受尽侮辱，处变不惊；他是智慧的良相，十年生聚，十年教训，诸多治国安邦之策，均出其手；他是真正的政治家而非政客，故而能够看穿政治，功成身退，免遭杀身之祸；他是中国最早、最杰出的经商大才，创造财富、积累千金，人称"陶朱公"，是经济界的神。故而我越人把美人西施最终从吴王夫差宫里夺回，奉献给楚国好男儿范蠡。如此楚男越女，郎才女貌，腰缠万贯，泛舟五湖，人生若此，亦复何求矣！

春秋以降，数千年间，我楚越间又有多少儿女英雄，一路且狂且吟，放歌至今。去年夏天我第一次溯流而上，自越至楚，入三峡，越夔门，闻新猿啼，登白帝城，于屈子祠前流连忘返，三叩而不忍去。夜来灯下漫读，翻出一本关于近代浙商的杂记。突然在前尘旧影上看到了一幅图片，为辛亥革命时期同盟会湖北支部欢迎孙中山的合影，其中便有我浙商、同盟会员庞青城。继而便想起自三峡到武汉时，登黄鹤楼前参观辛亥革命纪念馆时的情景。武汉是打响辛亥革命第一枪的地方，而我越人秋瑾、徐锡麟、陶成章、章太炎、蔡元培……无不在此期间写下杰出篇章。他们都是冶炼了越王剑的所在地的后人，而我在湖北省博物馆中看到的那些镇馆之宝中，就有一把楚地出土的越王剑。楚越精神，一脉相承，掩卷长思，又一位楚人从历史的厚幔中隐隐而出……那不是西楚霸王吗？当年秦始皇出巡我越地会稽，横渡钱塘江时，流落到此地的楚人项羽情不自禁地说："彼可取而代也！"一年后，他就起义杀死了会稽郡守殷通，正式举兵反秦。

历史绵延至今，数年来，浙江与巴山楚水间，又有一段新史。三峡移民中，有一部分正是迁到生我养我之杭嘉湖平原之上的。历史上移民入越，从秦汉始，至两晋间，至两宋间，源源不绝。而今三峡楚人之入越，并不算大规模，但于我，却有久别乡人的重逢之亲情，因为我也恰恰出生在嘉兴。三峡移民移至浙江，主要在嘉兴一带，地处浙北平原，靠近上海，是浙江的富庶之地，真正的长江下游三角洲地带，也是中国经济腾飞的热土。近年来，每至年关岁节，不时地听到三峡移民们在浙江安居乐业的消息。报纸上刊登的图片，有三峡移民中的楚人小伙子娶了我们越人的俏姑娘，也有楚人的俏姑娘嫁了我们越人的小伙子，还有三峡移民在浙江这块民营经济特别发达的土地上创业发家的事迹。春秋时期陶朱公的精神，至今仍在楚越之间发扬光大，成为今天三峡移民在浙江生根发芽开花结果的遗产。

嗟乎！千秋之间，楚越人那种不为礼拘束、敢为天下先的精神，在黑暗的年代是反抗的火种，在和平岁月，则为奋发有为、与时俱进的民族精神。坐越望楚，心潮澎湃。在长江下游，我遥望中游之楚，神驰云梦之泽，文以纪之。

夜空开花

　　花植根于大地，因了人间的欢闹而成事，大半都在春天发生。但冬天里的人们却不因为季节之故就放弃了对花的那份向往，尤其是在节日。年关岁尾，城市乡村，花灯纸草，也要妆出一份想象中的春天。那时冬的天空也是不甘寂寞的。白天固然有冬日暖阳、白云蓝天点缀其上，夕阳西下，亦有火树银花不夜天的世界。当然，这样的不夜天是属于城市的，在那样的华丽夜空下，来来往往的痴男怨女，自以为孤寂，那是在不夜之城反衬下的热闹的孤寂吧。

　　去年年关，到乡间婆家过年，体验远离市声、没有灯火的夜晚是怎样的情景。丈夫说，带一箱鞭炮焰火回家热闹热闹吧，免得这年过得太冷清。

此地入山已深，门前门后，满目青岭，把天空都挤得仄了。春夏秋三季是很得趣的，冬天来此，实在寂寥。年关入夜，乡人把酒话桑麻，间关方言，三句里听得懂一句。围着火炉，花生瓜子倒是一大堆，炭火红红，隔壁房间电视里在转播春节联欢晚会实况，热闹倒是热闹，可惜天线接收信号不好，倪萍、赵忠祥看上去一律身影模糊。

正要昏昏欲睡，女儿在门口叫："放火炮了！"女儿牙牙学语，叫出一声地道乡音，非常好笑。这里的人，是把焰火鞭炮一律叫作火炮的。只听得门口稻场上一片童声沸腾："放火炮了！放火炮了！"欲睡人来了点精神，也随孩子出门——哇，眼睛就在这暗夜里亮了。

只见一群乡间孩子，就着门隙里射出的昏黄灯光，点燃了一支支香火般的小焰火，握在手中。不见五指的夜里就突显烟头一样的红色，发出急不可耐的哒哒的声音，一群小手在半空中画来画去，火星飞舞，如现代派艺术家的行为艺术画。一会儿，哒哒的声音就小了下去，火点一下子就熄了。

柏油公路上已空无一人，丈夫把一箱焰火鞭炮放到路边，准备大干一场。大人小孩兴奋地尖叫欢笑，拿火柴的，取打火机的，大人怕伤了孩子，使劲叫着，把孩子拉到一边却又不肯失去参与的机会。对面青山，夜里看去，只是似有似无的隐约两条弧线，之间托起一颗不知名的亮星，真奇怪，当时我看到的只有这一颗——那是一颗真正的寒星吧，夜空便在山民的雀跃中更显出沉寂来了。

乡村夜空的花事就这样突兀地发生，一大朵一大朵的花儿开放了，像电影中慢镜头般地散开，一直洒落到夜空中去。一片群星显现了，它们是在焰火中显现出来的，金碧辉煌，亮若钻石，恍然如梦。小山村的大人孩子们抬起头来，张大嘴巴，呆呆地看着，我也和他们一样，呆呆地看——多么短暂的美啊，但她是有的。在那个冬天的童话里，她确实是以夜空开花的方式，出现过的啊！

梦之岛

　　与一个美丽的地方不期而遇，其欣喜若狂的程度，足以比之突然与梦中情人重逢。然而鼓浪屿，你却是我意料之外的海洋情人。我几乎就会像错过我一生中某些重大命运关头一样地把你错过了，然而终究没有。

　　鼓浪屿，你是我不敢想象的梦之岛。从厦门码头抬起头来，我一眼就看见了你。只要五分钟时间，渡轮就能把人们带到你的身边。隔岸看着你和不曾看见你没什么两样，我心不在焉地由着轮渡把我带向你。那时你在我眼里，不过是一道再普通不过的风景线，而之所以普通，仅仅在于你的家喻户晓。你被那么多游人挂在嘴上，就像走到哪里都会看到的挂在墙上的女明星。是的，鼓浪屿，那时你在我心目中只是一个大众情人。或许我会欣赏你，但我一定不会爱你。

那么，鼓浪屿，为什么我一踏上你的被海水包围着的土地，一踏上你两旁挂满了工艺品的五彩的小道，我就被某一种说不出来的回忆慑住了心魂？我在南国的阳光下走着，想到了某些作家，比如说毛姆、康拉德，我想到他们描述过的那些关于邂逅的爱情故事，想起某一种被强烈的阳光暴晒后的带着异国情调的往事，想到远渡重洋的发财梦和热带地区的人们定期发作的癔症。我还想到了太平洋上的许多岛国，想到一个世纪前或者半个世纪前在那些殖民地和半殖民地才会发生的事件。

然后，我漫不经心地往路边上拐，那里出现了另一条小路，花园小径，没有车水马龙，多么好，人那么少，而花却那么多，还有那些各不相同的雕花的铁门。它们的图案是那样的各异，因此，我想到了许多国家，英国、日本、美国、法国、意大利、德国，还有新加坡、马来西亚、越南和菲律宾。多么干净！鼓浪屿，你连铁门前的台阶都那么干净。为了显示它的干净，台阶是破旧的，外墙上时不时地剥落下水泥、石灰，露出了砖头，干净得就像是新潮时装。

啊，还有那些缓慢的柔软的像女人的情调一样的斜坡，它们就像讲故事的行家嘴里渐入佳境的情节。我进入无人之境，铁门弯曲的栅栏后，我看到了人，一个短发少女，她正在看书，低着头，坐在矮凳上，就像20世纪50年代前期的那些热血青年，像王蒙的《青春万岁》里那些追求革命的少年。然后，我在另一扇铁门里的花架上看见两只青花瓷的花盆，花盆上开着两朵大黄花，是仙人掌开出的鲜花。我还看见一个干干净净的阿婆，她正坐在矮桌上吃饭，有一种人生终有归属的满足。安静的小岛，它使我想起了一些歌，比如《绿岛小夜曲》。

我向日光岩走去。我去看郑成功，明代的郑成功，和台湾宝岛血肉相连的郑成功，他又使我想起了另一首歌——"鼓浪屿连接着台湾岛，台湾是我家乡"。郑成功，民族英雄，因知名度太高而曾使我不够经心。但是这里有他的纪念馆，还有他的青铜雕像，身临其境是必须的。这里有英雄当年抗清的山寨，琳琅满目的石壁刻词记载了历史。我多么喜欢以这样的方式进入精神文明，但我没有登上日光岩，我知道站在岩头，可远眺小金门和大担、二担岛，但我想把它留给下一次。对一个去过的游地，产生了第二次还想去的念头，在我的记忆中，这似乎还是第一次——我毕竟是杭州人。

沿着起伏的小径到八卦楼去，那里是今天的厦门博物馆，到任何一个地方去，首先寻找博物馆是我的原则。路过幼儿园和小学时，心情多么愉快，到处是花，凤凰树又浪漫又高尚，在这树下发生的爱情将会是短暂而梦幻的，但它明亮而没有阴影，这是海洋带来的爱情。我故乡的戴望舒先生如果来到这里，将收起他的油纸伞，将放弃渴望遇见一个结着紫丁香般愁怨的姑娘——这里的姑娘是凤凰树一般的，她们的爱情不需要伞。

在花园里

　　我曾有一座蔷薇园。春天，孩子们在含苞欲放的花丛中嬉笑。

　　园子里还有一溜紫薇花树。紫薇花树旁，去年种的玫瑰就要开放了。我常在树下花旁拔草修枝，那些小绿蚜虫常常把我搞得既恼火又无可奈何。花呀，我该怎么保护你?

　　于是，我把男孩子们和女孩子们找来，给他们分配了各自的自留地。我把花儿分配给了他们。

　　他们的行动令人吃惊，因为他们立刻就用小石头画出"三八线"，确定各自的势力范围。"这是我的!"他们每个人都指着脚下的立锥之地，理直气壮地嚷道。

　　马小璐的脚下，一朵不知名的小黄花在阳光和微风下轻轻地颤抖。像小羊羔一样洁白的马小璐，小手握着小黄花的根部，万分不忍心地说："哎呀，它太好看了，是不是？"

"和马小璐一样好看呢。"我说。

"王老师，可不可以让它留在这里。因为把它拔掉太可怜了，所以我不想拔掉它。"

聪明的小姑娘，她能熟练地运用"因为"和"所以"。于是那朵野花就幸存下来了，直到现在还住在蔷薇园里呢。

男孩子们，那么小就有探险家的气质了。他们在自己的领地上捣鼓了没几下，就大呼小叫地冲到园子的另一头，满头大汗地去挖掘那些本应保留的草根，却毫不在意自己那需要保护的土地。

"为什么不管自己的花儿，要到那么远的角落去寻草呢？"我问华华。

"因为远的地方好玩。"他毫不犹豫地回答。

啊！我便想象华华长大成人了，他在忙忙碌碌地赶路，一会儿坐飞机，一会儿坐火车，一会儿坐远洋轮，把自己的家扔在天涯海角。

有个男孩子在喊："西瓜虫！西瓜虫！"

所有的"园丁"都不再劳动，簇拥成一堆，观察这丑陋的小生物。高原趁机说："王老师，我不能干活了。"

"为什么？"

"因为有西瓜虫啊！"他一本正经地摊开手，仿佛我不知道西瓜虫的厉害。

没过一会儿，男孩子们又被吸引到女孩子们的领地里去了。勤劳能干，一向就有领袖气质的小叶就训斥他们："这是女同志的地方，你们男同志来干什么？"

再过一会儿，不管"男同志"还是"女同志"，统统都去玩滑滑梯了，剩下我一个人，在上午的阳光下继续"承包土地"。空气中有一种"嗡嗡"的声音，是蜜蜂还是蝴蝶？蔷薇花在风中摇动，我看到透明的天使的翅膀在曼舞……

蔷 薇

　　早晨，露水还没有散去，蔷薇就要开放了，孩子们将我团团围住。

　　"老师啊，我的手很冷很冷的呢。"他们朝我伸出小手，像一株株小竹笋。冬天我常给他们焐手，但是，春天已经来到了啊！

　　我说："慢着，慢着。谁把老师的包送到楼上去？"

　　他们便奋力拼搏，如争夺奖杯。

　　我说："看到老师，不说些什么吗？"

　　"老师早！老师好！长辫子姑娘真美丽啊！"一个男孩子玩着我的辫梢。

　　一个笑嘻嘻的小姑娘一本正经地说："不用谢。"

“不用谢什么？”我看到蔷薇花就要开放了。

“反正不用谢。”那是一种深思熟虑的平等的回答。这个王国有它自己的语言。

一张惊慌失措的脸趁机检讨：“我改正。”

孩子啊，你又犯了什么错误？

“我一定改正。”他沉痛地答非所问。空气很新鲜，一个大孩子终于抢到了包，激动人心地送到大人们待着的地方去了。

我们去了花园，去了蚕豆花盛开的窗下。当我蹲下来时，我明白了，气得眼冒金星。

“自己说，哪只手？”我尽量使自己冷静。他则早有准备地伸展开他的两只小手，紫色的汁液浸染着小小的手指。

“我已经改正了。”他绝望地重复。

“好吧。”我叹了口气，“蚕豆花没了，你就吃不到蚕豆了。明白吗？”

孩子露出了松了一口气的笑容，怀着大赦的喜悦，走了。

又拥出了一些孩子，手拿积木。

“丁丁在哭呀，老师。”

“丁丁在哭，因为他的爸爸妈妈要离婚了。”

“别瞎说了，离婚是不可以瞎说的。”

"是丁丁告诉我们的啊，反正是丁丁告诉我们的。"

这段时间，孩子们的流行用语是"反正"——"反正我小时候打针是不哭的。""反正我的小皮鞋很红嘞！"前一段时间流行"本来"——"本来今天中午我吃了两碗饺子。""本来我有变形金刚。"……

一抹阳光射进来了，房间是绿色的，门是淡黄的。丁丁在门后玩积木，脸上挂着一滴透明的眼泪。有一次，午睡起来，为他穿衣，他若有所思地抚摸我的脚背、脚踝、小腿、膝盖和大腿，我痒得忍不住笑："丁丁，你干什么啊?"他害羞了，扑进我的怀抱。

"小丁丁，你过来，你不要哭。"

"老师，我的爸爸妈妈要离婚了。"

"这是不可能的，他们不过是吵架罢了，大人们总是要吵架的。"

"真的，老师，他们真的要离婚了。"他的悲哀的目光盯着积木，他开始琢磨是搭一艘军舰还是搭一架机枪，但悲伤的阴影仍罩在他脸上。

"昨天晚上，他们说好了。"

"是吗?"

"我爸爸说要和老师认真谈一次。"

"那么，你帮我去约定时间吧。"

"好的。"他的心现在已经完全在军舰和机枪上了。

隔着窗，看到两岁的孩子坐在浪椅上，他欢呼着："救命啊，救命啊！"

孩子们正在和野草与蜻蜓交谈着什么，小姑娘怜惜地面对蔷薇："你放心好了，我不会采你的，因为你太可怜了！"那个被称为大王的男孩子扑来扑去，大喊大叫："天哪，我不能拔草了，因为有害虫啊，反正我不能拔草了……"

蔷薇真的要开放了。我看到她在风中舒展的粉红色。我看到一阵风掠过水面，又一阵风掠过水面。每一次都开放一朵花，一朵花，又一朵花。唉……时光……

我采了一朵蔷薇，含苞欲放的花儿。我对丁丁说："爸爸妈妈离不离婚都没关系，反正爸爸妈妈都是爱你的。"

男孩走了，手里拿着我送给他的蔷薇。他的小手和蒂梗碰到的刹那，花儿就开放了。

有　趣

冬天的早晨，我带着一个苹果去幼儿园，我想拿它当早点。

可是在一个儿童王国里，大人们很难找到可以安安心心吃点零嘴的地方。

我实在是饿了，楼上楼下转了一圈，最后相中了厕所。

悄悄跑到里面，狠狠地咬了两口——有脚步声！我惊慌失措地把苹果藏到后面，嘴里鼓鼓囊囊的还没咬完。

小姑娘慧慧进来了，她有一双小鹿一样分得很开的眼睛，留着童花头。她是一个善良本分的小女孩，不爱说话。

她疑惑地脱着小花裤，把小屁股挪到厕所座坑上去，一会儿，站起来，拉上小花裤。她的小鹿一样的眼睛一眨不眨地盯着我的嘴巴。她又弯下腰，竭力想探清我背后的东西。最后她实在忍不住了，问："王老师，您在吃什么?"

我模糊不清地说："没什么，没什么。"一边倒退着出去，把那剩着的大半个苹果扔了。

那一天，慧慧似乎始终用惊奇和沉思的目光注视着我——不——我的嘴巴。

她肯定还在想：老师在厕所里究竟吃什么了呢?

艳艳的特点是答非所问。老师问她风筝像什么，她认真地回答："啄木鸟吃害虫的。"

老师问她的出生年月，还提示说她的生日和某个节日是同一天，很好记的。

"'一八'妇女节。"她从容地答道。

"错了。"

"'二八'妇女节。"她又从容地答道。

她就是不肯说"三八"妇女节，你说要命不要命。

我教孩子们讲礼貌，结果把他们教糊涂了。

比如，我给珊珊倒了一杯水，然后问："想想看，应该怎么回答?"

她摸着后脑勺，想啊想，叫了起来："不用谢!"然后，端起杯子就喝水。

有的时候，我上早班，小朋友们一见我就说："老师再见。"可是有一天晚上十点钟，在剧院门口碰到一个孩子，却欢快地和我打招呼："王老师早。"

当我们在厕所里相遇的时候，孩子们总是热情洋溢地说："报告王老师，我们小便。"

"便后洗手。"我说。

"王老师您干什么？"

"我和你们一样啊。"

"那您就小便吧。"小骑士们替我开了厕所门，一把把我推了进去。

我们建立了深厚的友谊之后，我便向他们索取更多的友谊。我问他们："怎么对我好呢？"

君君说："给老师吃一百头大象。"

斌斌说："吃十条金鱼。"

珊珊说："吃甲鱼和蹄髈。"

明明说："吃蛇，吃眼镜蛇。"

小竹说："用老虎皮给老师做棉袄穿。"

他们突然纷纷用方言许诺，长大后十块钱一张的票子要大把大把地给我。

我说我不要，可他们一定要给我，十块钱一张的，大把大把的。

于是我只好说，比起十块钱一张的大票，我宁愿吃大象、吃金鱼、吃蛇，尤其是吃眼镜蛇。

在雨中

在五月明亮的小雨中，走过南方的小巷，我想起了迈克尔·杰克逊。我从前不能理解他在空前的成功后何以因为最后一个太空步没有完成而痛苦，现在理解了。

家人们等待我从雨中归来，看我的表情便知道我遭受了什么打击。

"安慰安慰我吧，我们的演出失败了。"我说。

"这是注定的事情，让儿童演外国童话剧，那是一定要失败的。"

"问题不在这里，我们的录音太轻了。"

"这是注定的事情……"

"我们的服装不够漂亮。"

"我们的星星和月亮突然徐徐地倒在了地上，唉，我们的道具……"

"这是注定……什么？道具倒了！太令人鼓舞了，那不是现代派吗？应该鼓掌喝彩啊。"

"安慰安慰我吧，我真的痛苦死了。"我高声地回答，"我把我的脸丢尽了，我把我自己的信条违背了。"

在雨中，我不在乎人们理不理解我，我必须理解我自己。从什么时候开始，对一件事物的操作发生了这样巨大的变化？从前，我关注事情的成败，现在你关注事情的完善。失败的事情也可以是完善的事情，因此失败是可以的，而不完善是不可以的。从这个角度上说，写一部史诗与排一个儿童节目又有什么高低贵贱之分呢？

在雨中，抛开一切貌似有理的外在原因，我一遍遍想到由于我个人的疏忽、懒惰，由于个人的掉以轻心而导致的失败。这一切我都是有能力做好的，但我没有做好。我不断问自己：你为什么不重新录一遍音？为什么不重新检查一遍道具？你不是一向就最痛恨虎头蛇尾，最反感做事七折八扣的人吗？你不是最欣赏一件事情的完满吗？你曾经说过美就是完整，现在你把你的美破坏掉了。在你的一生中，曾经有过多少次，将来又会有多少次这样的破坏呢？

在雨中，隔着汽车茶色玻璃窗，向我的孩子们挥手告别时，我又听到了杰克逊的声音："我回到后台，人们都来祝贺我，可我还在为那旋转而沮丧，我曾经倾注了那么多心血，何况我又是极其追求完美的。"

我们怎能不为那些破坏了整体的事情而沮丧呢，杰克逊？因为隔着暮春之雨，我强烈地感受到时光的不可逆，我们可以在下一件事物中追求完美，而在这一件事物中却是永不可能了。我的这些可爱的孩子将很快地离开他们现在所待的地方，夏末秋初的时候，他们或许就会把这次演出忘掉的。而我，甚至在他们还不曾离开我的时候，就已经离开了他们。我们共同来完善一件事情的机会，难道就这样永远地失去了吗？

当我不能为你们用欢笑打句号的时候，我不得不奉献我的沮丧。孩子们，事情并不是大幕闭上的那一刻结束的。直到现在，我还在使其完善。我把我雨中的沮丧告诉你们，将来会有那么一天，在雨中，一个小伙子或者一个姑娘，撑着伞，因为沮丧而回忆起遥远的杰克逊。那时，杰克逊的歌声和太空步都已老了，但你们依然不会忘记他所说的话："比想象中做得好，那是一种无与伦比的感觉，那是再好不过了。"只有到那时，我们今天不成功的演出，我们这桩微不足道的小事才算完成了。

在雨中想到的这一切甚至使我自己都惊讶了。瞧，孩子们，我们的生命之线是多么幽深而绵长啊！

大隐隐于山

中国的隐士文化，是个非常有意思的命题，往往是需要隐者与显者共同来完成的。

英雄美人

　　人中之极，无非英雄美人。因此，英雄美人已经成了一个文化符号，表达了人类男女双方最高的理想生活价值。男的想要做英雄，女的渴望成美人，天经地义，人人认同。

　　杭州西泠桥下就有苏小小墓和武松墓，那是让英雄美人的千古魂魄都安息在一起，比邻而居。让天下众生凡慕美人而来，必能见英雄；凡敬英雄而来，又都能见美人。这样的天缘，除却杭州，还真难找。

　　英雄美人，英雄在前，美人在后。然而，西泠桥下说事，我们不妨还是美人在前，英雄在后了。何故？就因为苏小小乃西泠桥下故人也。

　　钱塘苏小小，算得上是名满天下的女子了。专家们认真考证起这位古代的风流才女时，却无法断定历史上究竟有没有这样一个人物。她似乎更接近那种传说中的人物，或者文学形象中的人物。

说她的名字是源于诗之故才流芳百世的，那可真是一点儿也没错。成书于六朝南陈的《玉台新咏》，录载了千古传唱的《钱塘苏小歌》："妾乘油壁车，郎骑青骢马。何处结同心？西陵松柏下。"在此诗的注下引载了《乐府广题》中的一小段题解："苏小，即苏小小，钱塘名倡也，盖南朝齐时人。"这就算是有关苏小小生平最早的，也是最权威的载述了。

奇怪的是，就是这么一个社会底层的女子，一个再也不见经传的被打入另册的倡女，一千多年来却被人们反复地传唱着、歌咏着。我在《西湖佳话》等书中，看到过她绰约而悲凉的身影。尤其是在许多年前，我还看过杭州越剧团演出的一出越剧《苏小小》。那剧中的人儿，美丽聪明，自然是红颜薄命的，比《牡丹亭》中杜丽娘的命运又大大地不如。生在世袭的倡家，身为歌伎，本来也是一件无可奈何之事，何况苏小小自幼父母双亡，兄弟全无，她不可能还有别样的生活选择。

这苏小小就住在西陵的杨柳深处，每日笙歌乐舞，公子王孙围着她转。西陵，也就是今日杭州孤山之畔的西泠了。有桥，便称之为"西泠桥"。桥畔有一亭，亭上有一匾，匾上有三字："慕才亭"。有联，曰："湖山此地曾埋玉，风月其人可铸金。"

这块埋在此地的玉，这个吟风弄月的可人儿，便是钱塘苏小小。

我也曾经应杂志的约稿，专门写过一篇关于苏小小的小说。不过我写的女子，和越剧里那个生相思病死去的可怜女子大有不同。有人把苏小小比作东方茶花女，这正是我不能苟同之处。我的苏小小，是一个通脱旷达的女子，心胸与西湖山水相印，因此，她的魅力，是一般封建社会的女子不具有的。

从以上那首短诗来看，照今天的话说，苏小小应该是一个旅游爱好者。作为一介女流之辈，又酷爱山水，为行走方便，便要考虑交通工具，所以才自制了油壁车。车是什么样子，我很难想象，也不曾考证，但想来应该是可以防水避雨的吧。

现在你能想象那西湖的山水之间，一车、一丽人，美人既已入风尘，哪里再要顾得什么三从四德，什么笑不露齿、行不露足。放歌湖山之间，潇洒走十回八回，完全是个一千五百年前的女个性解放者了。来来去去的人见了，能不为之倾倒吗!

　　然后,按照中国才子佳人的传统模式,一个翩翩书生——苏小小的白马王子出现了,不过是白马换成了青骢马而已。书生阮郁,金陵人氏,油壁车、青骢马,一见钟情、缠绵悱恻,自有一段山盟海誓。然后,一个封建社会老套的悲剧故事重演——阮郁被严父召回,情郎别矣。侯门一入深似海,从此萧郎是路人。

　　我看的那出戏里,苏小小就在西子杨柳下,生着相思病死去了。悲夫!故唐人鬼才李贺有诗曰:"幽兰露,如啼眼。无物结同心,烟花不堪剪。草如茵,松如盖。风为裳,水为珮。油壁车,夕相待。冷翠烛,劳光彩。西陵下,风吹雨。"

　　其实,在这东方的茶花女之外,是另有一个潇洒明智独立风采的苏小小的。阮郁泥牛入海无消息之后,她并没有吐血而亡,依旧乘着她的油壁车,徜徉在这湖光山色之间。某日秋,苏小小去烟霞岭一带赏秋日红叶,在破庙里遇着一个落魄如秋风败叶般的书生,名唤鲍仁。苏小小看他穷途末路,顿生恻隐之心,请来家中,赠银数百两,送他赶考。书生行前又发豪言壮语,大致总是不混出个人样不回来见你的意思。鲍仁走后,竟也是杳无音信的。苏小小也没有耿耿于怀，一如既往地热恋着西湖山水。要说她最后为谁而病，为谁而亡，倒恰恰是为了这个西湖了。

那年夏秋之际，苏小小赏荷夜归，独坐露台，夜凉如水，侵成一病，临终遗言说："我生于西泠，死于西泠，埋骨于西泠，庶不负我苏小小山水之癖。"

她的姨妈听了她的话未免悲从中来，哭哭啼啼地说："老天爷可真是不长眼睛啊，让你这么美的一个妙人儿早亡啊！"苏小小说："您这话就说错了。人要在活得最辉煌的时刻离去，那才是做人的福气。难道让我像残花败柳一般活在人间才好吗？"显然，苏小小属于那种宁愿痛痛快快活一分钟也不愿意蝇营狗苟一辈子的人。她是为山水而死的，不是为男人而死的。她是一个奇女子，一个有见识的性情女子。

苏小小虽不为男人而亡，但男人却来凭吊了。此时，鲍仁已经做了滑州刺史（也不知早干什么去了，这会子突然冒了出来），快马加鞭地赶到了杭州。他还算有良心，哭了一场，又在西泠桥边择地造墓，立一石碑，曰："钱塘苏小小之墓"。后人又在墓上建亭，名曰："慕才亭"。如今墓是没了，亭倒还在，修得齐整，供人瞻赏。

我来来往往地在西湖上走，不知道多少次经过慕才亭了。有一天，突然像是第一次发现这个亭一样，我在那个故事结束的地方突然发现了新的开始。我一时无法解释，为什么要把纪念苏小小的亭叫作"慕才亭"。按照苏小小的身份，应该叫这个亭"慕色亭"还差不多，或者雅一些，叫"慕情亭"也可以。苏小小虽然也懂琴棋书画，到底不是以才情出名的，和"秦淮八艳"之一的柳如是不是一回事情。若说苏小小出名，还是出在她的游山玩水和一见钟情上，那么后来何以那么多书生才子视其为知音呢？那"慕才"，究竟慕在何处呢？

我后来还是想明白了，落魄书生们毕竟还是不满足于一个落难公子遇红粉佳人的故事的。他们对这个佳人有更高的要求。这个佳人善良那是不用说的了，还要有一双识别才子的慧眼。有了这双慧眼，就能看出落魄才子的辉煌前程。比如鲍仁在破庙里时，苏小小一眼就看出他的才华一样。这样的"慕才"，既歌颂了苏小小，也确立了才子的价值。才子们慕苏小小的才，就是慕她这种发现才子又无偿援助才子的心力。大概还慕她是个明白人，没有等他们一当官就来找他们的麻烦，要求他们花一大笔钱把从前的红粉知己赎出去。要知道事情一旦这样进展，苏小小就不再是苏小小，就将变成《情探》里的敫桂英了。

我之喜欢苏小小，欣赏苏小小，也正是因为她的那份看透了世情之后的独立。她甚至连秦香莲也不学习，你鲍仁当你的滑州刺史去吧，我自爱我的西湖山水。我宁愿死在湖山中，也不死在男人怀抱中。

这是一个智慧的女子，一个有骨气的女子。在苏小小的故事中，她在男人面前，是主动的。在中国两千多年的封建社会里，一个女子能有这样的认识，实在难得。

话虽那么说，男人们是不会站在我的角度来解释苏小小的。在他们看来，苏小小这样一个青楼绝色女子，也是不能让她就这么死了拉倒的，历代多少故事传奇，便由此而出。据说她芳魂不殁，往往在花间出现。宋代有个叫司马才仲的人，在千山万水之外的洛阳，竟然梦见了苏小小为他唱歌。五年之后，苏东坡推荐他到杭州的秦少章处。秦少章指点他到西泠苏小小墓前。才仲也是一个痴情人，便寻墓拜之。当天晚上，那芳魂就来了。这样过了三年，才仲竟然为了这已经死去的前朝女子而死去了，就埋在苏小小墓前。

苏小小竟有如此之大的魅力，无怪今日慕才亭旁，总是游人如织。

作为苏小小乡亲的我，尤其喜欢那首传说是她写就的词。按说南齐时还没有出现词这种文学样式，可见这不可能是苏小小写的。不过既然苏小小其人都只是一个传说人物，便也不必对她的词再严加考据了。总之，就当是她写的吧：

> 妾本钱塘江上住，花落花开，不管流年度。燕子衔将春色去，纱窗几阵黄梅雨。
>
> 斜插犀梳云半吐，檀板轻敲，唱彻黄金缕。望断行云无觅处，梦回明月生南浦。①

至于英雄武松，在小说《水浒传》中，那是个北方大汉、打虎英雄，怎么葬在吴侬软语的西子湖畔了呢？

我印象中的那个武松，有一个传说是和六和塔有关的。在梁山泊好汉中，有个家喻户晓的花和尚鲁智深，是林冲和武松的好朋友。林冲跟着宋江镇压方腊受伤，就和鲁智深、武松一起来到杭州月轮山。后来他伤重死去，留下鲁智深和武松两位兄弟，就住在这钱塘江边月轮山上的一座寺内。一夜，月白风清，水天共碧，鲁智深半夜听到江上潮声如鼓，以为贼人追杀，摸了禅杖就要打出去，被众僧们围了，告诉他这是江潮信响。鲁智深听到江涛之声，突然想起当年师父给他的偈语："听潮而圆，见信而寂。"他

---

① 《黄金缕·妾本钱塘江上住》，为司马槱所著，即前文中司马才仲。——编者注

就在寺里坐化了。他的亲密战友行者武松也因此在旁边的开化寺出家，年八十善终，长眠在了六和塔旁。

实际上，我们现在知道的那个武松，是位南宋的义士，杭州人，在清波门为扬善惩恶而死，就葬在清波门，之后才迁移到了西泠桥边。因为一直有传说，说《水浒传》是在杭州写成的，施耐庵是杭州人，所以，杭州人武松的名字进入了《水浒传》，最后演变成打虎英雄武松，也未尝不可。文学创作的过程是很神秘的，西泠桥下的武松和《水浒传》中的武松能够建立一种英雄情结，并与岳飞比邻，倒也可说是一件千古壮谈。君不见，涌金门口，就是浪里白条张顺的塑像，他也是梁山的一条好汉、一个英雄。

所以，以为杭州西湖就是一个"销金锅"，就是一群美人在歌舞升平，大谬也。苏小小是明智的，武松是正义的。有如此之多的英雄美人相绕，西湖何幸矣！

半颗心留在江南的北方人

　　白居易对中国文学史的意义与他对杭州人的意义，给我们提供了两种价值评判角度。对中国文学史来说，白居易是伟大的人民诗人；对杭州人来说，白居易是一个最好的父母官。在今天的杭州，白居易基本上是可以用"家喻户晓"四个字来形容的。但老百姓大多不是因为《长恨歌》和《琵琶行》而认识他，而是因为他们脚下踏着的那道白堤。

　　白居易让我第一次思考这样的问题：一个诗人真的不能从政吗？当官的人真的不可能进入文学吗？鱼与熊掌，真的不能两全吗？为什么白居易、苏东坡就两全了呢？

　　当然，这个两全也是相对而言的。就其一生来说，白居易并不是一个仕途通达之人。

许多人都以为年过半百官场失意的白居易，能在公元822年来到美丽的西湖为政，是一种幸运。实际上，西湖有了白居易，才是最大的幸运。从某种角度，我们甚至可以说，没有白居易，就没有今天的西湖。至少，我们可以说，没有白居易，就没有白堤。

许多年前，在河南洛阳，我曾到香山居士白居易的墓前谒灵。乐天先生生于772年，终于846年，享年七十四岁。就那个时代而言，他是属于人生七十古来稀的长寿之人了，且生命不但有长度，更有质量。相对于穷愁的诗人而言，他似乎是有些幸运的。当然，他也离不开一般诗人为官后几乎都要谪官的经历，所以才有"江州司马青衫湿"的千古诗章。

从他一生的轨迹看，白居易应该是个浪迹天涯的人物，祖籍为山西，先人又迁居陕西，他自己则出生于河南。少年时代，十四五岁时，白居易跟随父亲到过江南，这是他第一次来杭州。那是为躲避战乱而来的，日子过得颠沛流离，但杭州还是给他留下了深刻的诗意。那时，著名诗人韦应物正任苏州刺史，另一名诗人宰相的儿子房孺则出任杭州刺史，他们常在苏杭两地诗酒唱和，给少年白居易留下很深的印象。几十年以后，他自己的人生经历，恰恰暗合了他少年时代羡慕的诗人生活。

白居易的青年时代不能不说踌躇满志，二十八岁中了进士，也是春风得意的。不过诗人一得意就容易忘形，一忘形就容易口没遮拦，封建社会把这种对朝廷的直言称为进谏，而进谏又往往是要受惩罚的。这一罚，罚到了江州，罚出了千古名篇《琵琶行》。后来他又被移至忠州，然后，西湖山水千古有幸，终于迎来了伟大的人民诗人和朝廷贬官白乐天。这一贬，又贬出了一条名垂万代的白堤。白居易虽然官场不幸，但为诗为官，最终都是青史留名的。

白居易任杭州刺史那年为822年，他已经五十周岁了，七月盛夏从京城长安出发，一路东行三个月，才到了杭州。贬官之人，宦海浮沉，当时的心情是可想而知的。然而，一见到西湖山水，白居易的心情仿佛就发生了重大变化。总之，到杭州的当天，他就迫不及待地写了《杭州刺史谢上表》。即便是一篇例行的公文，诗人也写得声情并茂，表示要"唯当夙兴夕惕，焦思苦心"。

说到诗人在杭州的政绩，杭人自可如数家珍。但其中最著者，当为筑西湖湖堤和疏通六井。所谓湖堤，就是人们通常以为的那条白堤。

其实这条人们称之为白堤的堤坝，比真正的白堤年代更久远。它是西子湖古老的一翅羽翼，白居易到杭州时它就在那里，人称白沙堤。白居易的名诗《钱塘湖春行》中言："乱花渐欲迷人眼，浅草才能没马蹄。最爱湖东行不足，绿杨阴里白沙堤。"这个白沙堤，也就是今天的白堤。它从当年的杭州钱塘门外向西，通往孤山，全长一公里。如今堤上一路有桥——断桥、锦带桥，直到西泠桥，一路向西；右边一侧首，是葛岭、宝石山和北里湖；南边一展望，是吴山、玉皇山、南屏山。

由于这条长堤通向美丽的孤山，所以从宋代开始，这条堤，就被称为孤山路了。

明朝，一个叫孙隆的大太监，在白沙堤上重新垫土铺沙，广植桃柳。此堤又改姓了孙——孙堤。年深日久，树就大得可以合抱了。从树下走过，枝叶扶疏，漏下月光，碎如残雪。所以，有人猜测，所谓断桥残雪，指的就是月光下的残影。又因为此堤花态柳情，山容水意，绿烟红雾，歌吹为风，时人称为十里锦湖。

再后来，人们为了纪念白居易的筑堤，便把此堤命名为白堤了。

其实，白居易的白堤并不在这里。据史籍记载，白居易筑的堤坝，很有可能就在今天的松木场和武林门一带，年代久远，已难寻旧踪。而现在人们看到的白堤，很有可能是古代劳动人民在西湖刚刚形成的时候，作为水利工程建造起来的。要知道，一千多年以前西湖的姿容，和我们今天见到的可是大不一样。她的西面，一直到了西山脚下。东北面呢，又到了武林门一带。水利未修，一下大雨，湖水就满出来；久旱不雨呢，湖水又干涸。所以，西湖完全没有今天的温柔妩媚，性格是很暴烈的呢。

白居易可不仅仅是个舞文弄墨的大诗人，还是封建社会中一个有抱负、有政绩的官员，照他的原话，是"出仕为官，重在教民清世"。到了杭州，他除了疏通李泌四十年前开凿的六井以外，便是整治西湖了。

白居易筑的堤据说是从钱塘门开始的，把西湖一分为二。堤内为上湖，堤外为下湖，平时蓄水，旱时灌田。

当时，有不少人反对他这么做。说，放了西湖的水浇田，那水里鱼龙怎么办呢？水上的菱茭怎么办呢？

白居易也反问他们，是鱼龙要紧，还是百姓的生命要紧？是水上的菱茭值钱，还是田里的稻粱值钱啊？

离开西湖前两个月，他终于把堤给筑起来了，还特意写了一篇《钱塘湖石记》，详细地记载了堤的功用，蓄水、放水和保堤岸的方法，刻在石碑上，专门立在湖边。另外，他还派了专职人员去管理湖水，并制定了保护西湖的奖惩条例和规定：穷人要是破坏了白堤，便要在湖边种树；富人呢，让他们下水捞水草！

所以，我们完全可以这样说，一千多年前，我们就有保护西湖的绿色行动啦！

白居易的这篇重要的西湖水利文件，和他的诗章一样千古流芳。如今圣塘路口的水坝亭子上，就立着这篇《钱塘湖石记》。杭州人和外地游客，凡到西湖，几乎都能在这里看到这篇文章。开首言："钱塘湖事，刺史要知者四条，具列如左。"结尾处作者署名："长庆四年三月十日，杭州刺史白居易记"。

我常常路过那里，望着白居易的名字想：什么是千古文章？这才是千古文章呢。

白居易用他伟大的诗人的灵魂拥抱了西湖，他把白堤给了西湖，而西湖又把什么给了白居易呢？

歌德笔下的浮士德，把灵魂抵押给了魔鬼，经历了各个生涯，一直苦闷不满足，直到面临移山填海的壮举时，他才心醉神迷，高声喊道："真美啊！"然后才安然而逝。

白居易出任杭州前，虽然灵魂绝不会抵押给魔鬼，但对社会的失望乃至对人生的失望，像乌云一般盘在心头。当时，他已在浔阳江头湿过他那江州司马的青衫了。几经贬谪，回到朝廷，朋党相争，左右为难，上书议政，朝廷不纳，只得请求外放，不想被批准了，而且去的又是他少年时便心驰神往的杭州。

"且向钱塘湖上去，冷吟闲醉二三年。"他在《舟中晚起》这首诗里传递了他内心隐藏着的很深的精神创痛，而吟出来的诗也只可能是苦涩的潇洒了。

天高皇帝远，湖光山色，给人生机和活路。白居易"活"了，快乐了。美滋润了他，他也创造了美。这大概正是那么多贤人志士、豪杰英魂依恋杭州的原因吧。

甚至"西湖"这个如今已经世界闻名的称呼，也是从白居易开始真正得名的呢。秦汉六朝时，西湖被称为钱塘湖、金牛湖、明圣湖，直至隋末，也没有见到关于西湖的记载。最早出现的"西湖"名称，就是在白居易的《西湖晚归回望孤山寺赠诸客》和《杭州回舫》这两首诗中。

尽管诗人已经为杭州西湖作出了如此巨大的贡献，但他却不以自己的政绩为然，在《三年为刺史》这首诗中说："三年为刺史，无政在人口。唯向城郡中，题诗十馀首。"

诗，远远不止十余首。现存的白居易诗作中，关于杭州的诗作，就有二百余首。西子湖，成了白居易的诗之湖。

唐诗史上向以元、白并称，当时的元稹，正在越州——也就是今天的绍兴——任刺史。他们诗信来往，总是夸自己的辖地最美。

白居易爱此地山水，更爱此地人民。一次公宴，他看到萧悦和殷尧藩两位乐师在天寒地冻之日，身着单衣，想到自己手下的工作人员尚且衣不蔽寒，更何况他治理下的那些平民百姓呢，他立刻给他们二人做了两件棉袍，还写了诗章《醉后狂言，酬赠萧、殷二协律》，说："若令在郡得五考，与君展覆杭州人。"诗人有着这样的抱负，如果他能在杭州做满这一任官，就要让杭州人民都能享受到他给他们的温暖。伟大诗人的心灵都是相通的，在这里，白居易和想要"大庇天下寒士俱欢颜"的杜甫是多么一致啊。

山水禅意，消化了白居易那颗身陷政治旋涡之中的忧乱之心。他常去湖边寺庙访僧，正所谓"在郡六百日，入山十二回"。其中韬光禅师与他交往很深。传说这个名叫韬光的四川禅师别师出游，师嘱："遇天可前，逢巢则止。"结果，他到了杭州灵隐的巢枸坞，正值白乐天在杭。他猛然醒悟，就住了下来。诗人见有僧远方而来，便写信一封，约其入城。谁知韬光却以一种美的方式——作诗拒绝了。白居易顿悟，立刻入山拜见韬光，与他汲水烹茗，吟诗论文。现在韬光寺的烹茗井，相传就是他们当年汲水煮茗之处呢。

诗人与凤林寺的道林法师也有着深厚的友情。凤林寺，就在今天的杭州饭店一带。据说唐时的凤林寺前有一株大松树，开山和尚道林就坐在松树上打禅。这一坐就是四十年，旁有鹊巢，人们就称其"鸟窠禅师"。白居易去见他，问他禅理，禅师说：所有的恶事你都不要做，所有的善事你都要去奉行。大诗人说：这个道理谁不知道啊，连三岁的孩子都会讲啊。禅师说：三岁孩子都会讲的道理，八十岁老头都未必做得到啊。白居易听了深以为然。还有一次，他仰着头站在树下，对树上的禅师戏言："大和尚，你坐在高处，太危险啦！"

道林说："刺史你比我更危险。"

白居易问："我做了刺史，有什么危险？"

道林说："名缰利锁作怪，官场风浪难测，你说难道不危险吗？"

白居易又深以为然，对佛教的关注就更深了。可以说，唐代杭州佛教的兴盛与白居易的信仰与提倡是分不开的。而他从佛教文化中吸取的精华，也大大丰富了他的文学艺术。

白居易三年任满，要离开杭州了。他为杭州人民留下了什么呢？留下一湖清水、一道芳堤、六井清泉、二百余首诗。他又从杭州带走了什么呢？"唯向天竺山，取得两片石。此抵有千金，无乃伤清白。"区区小石片，却着实地叫他安不下心了呢。

杭州人扶老携幼，提着酒壶，洒泪钱别。白居易落泪了，他是这样告别杭州的黎民的：

> 税重多贫户，农饥足旱田。
>
> 唯留一湖水，与汝救凶年。

白居易离开杭州之后，又担任过苏州刺史、太子宾客分司东都、太子少傅，最后官至刑部尚书，晚年居于洛阳。834年，在北国洛阳，年过六十的白居易写了一首寄往杭州的五言古诗，说："官历二十政，宦游三十秋。江山与风月，最忆是杭州。"

又过一年，中唐著名诗人姚合到杭州来当刺史了。白居易写了两首诗送他去上任，开篇就说："与君细话杭州事，为我留心莫等闲。"在这里，杭州就像是他自己的家，姚合去当父母官，仿佛是代他去一样。尾联说："且喜诗人重管领，遥飞一盏贺江山。"看，因为杭州又有了一名诗人的统领，白居易在遥远的北国不禁为杭州山水举杯祝贺。这是怎么样的深情怀想啊。

又过去三年，838年，大诗人已经六十六岁了，在洛阳写下了让杭州人民永远刻在心头的《忆江南》词。其中第二首说："江南忆，最忆是杭州。山寺月中寻桂子，郡亭枕上看潮头，何日更重游。"

诗人殁于八年之后的846年。他魂牵梦萦的杭州，他亲自命名的西湖，他再也没有能够旧地重游。

今天，我们走在一千多年后的白堤上，心里想着白居易。初春是一抹烟绿，仲春是满目红桃，到暮春，又是"月上柳梢头，人约黄昏后"的恋人世界了。仲夏夜，这里是水晶宫，而秋天的长堤却是肃穆的，冬日它又纯洁如处子。我们在白堤上行走，听到了白居易诗中的早莺在争鸣，看到了新燕在啄新泥……不过我们并没有能够看清楚这些莺莺燕燕，因为一千多年前的乱花迷住了我们的眼睛。而我们的脚下却依然是白居易吟哦的浅草，它没有没住马蹄，却没住了我们的双脚。

时间真的能够改变一切吗？为什么我们看到的，依然是白居易的绿杨阴里的白沙堤呢？

大隐隐于山

说一个名叫林和靖的高士，从任何角度看，仿佛都应该从梅花与他的关系说起。说林和靖，必须在有暗香的时刻。暗香浮动，月色黄昏，疏影横斜，这是林和靖的意境。我家附近的灵峰，是有一片大梅园的。有时薄暮中到那里去走走，会停在梅下，等人，等林和靖。暗香飘起来的时候，林处士就翩然而至了——他还是骑着鹤前来的呢，穿着黑白相间的羽衣，在梅下清风一样地抚过，还要有一些若有若无的古琴声，《平沙落雁》或者《高山流水》……

就这样，说林和靖，我们先从梅说起了。我的家园杭州，是有理由因梅而骄傲的。《中国花经》说：梅花在唐代品种渐多，形成杭州、成都东西两大赏梅中心。白居易已经离开杭州多年，在洛阳当着他的太子左庶子分司了，还因为想起了杭州的梅事而感慨不已，故而吟诗一首："三年闲闷在余杭，曾为梅花醉几场。伍相庙边繁似雪，孤山园里丽如妆。"这里，白居易已经点出了两个赏梅之地：吴山与孤山。

实际上，杭州当年赏梅之地多矣，除这两个地方以外，还有西溪、九里松和天竺路，至于灵峰——从明代开始的赏玩之地，到今天，已经成了杭州最大的集梅之处。再远一点，有余杭超山的梅园，其中有唐梅、宋梅各一株，大师吴昌硕就埋在那片梅下。

但人们想到梅，首先还是孤山之梅。一切美，都是要人来观照的。中国正统的士大夫们，一向有着把香草美人喻为高洁品行的传统，这是从屈原的《楚辞》中就可以看出来的。梅花则成为知识分子的人格象征，所以历来咏梅、画梅之人不绝。林和靖在孤山，正是人格化了梅花，所以人花才两两相印，博得千秋清名。

暗香，就这样从宋代的孤山向我们飘来了。但凡识得一些字的，有几个人没听说过"梅妻鹤子"的佳话？北宋年间的杭州诗人林逋又称和靖先生，在孤山隐居，以梅为妻，以鹤为子，孤高自好，二十年不入城，高风亮节，被后世文人视为楷模。

林和靖的墓就在孤山北麓，墓碑上有一行字——处士林和靖墓。这就是处士的含义了，一个一生中没有做过一天官的士人。

后来的知识分子，无论出仕还是未仕都崇仰林和靖的隐士生涯。林逋以自己的不出山为豪，站在他生前就预修好的坟墓前吟诗曰：

湖上青山对结庐，坟前修竹亦萧疏。

茂陵他日求遗稿，犹喜曾无封禅书。

奇怪的是，隐士越隐，显贵越是要来寻探。林和靖的孤山实在是不孤的，文化人中有大诗人梅尧臣为他世交，官场中有范仲淹与他结友，当时杭州历任行政长官中，至少有五人与林逋交往甚密，与他交往的穷书生，更不下四十余人。终于，他的名气大得皇帝也来关注了。真宗赐他粟帛，仁宗赐谥号"和靖先生"。

所以，处士身处山林，并未被遗忘于庙堂矣。

其实，年少时的林逋，也未必就是那么隐的。其祖上也从政，祖父林克己曾经是吴越钱王的通儒院学士，只是父亲早逝，家道中落罢了。林逋也不是一个天生的隐士，他对隐的认识是在命运的颠簸中完成的。年轻时他也曾出游四方，结交官宦，吟诵些崇尚武功的诗篇。是宋朝急速的腐败，使林逋结束漫游，身心厌倦地回归钱塘。他二十年不入城的隐士生涯，是从他出游归来，朝野掀起"封禅书"之风开始的。

封禅这桩宋真宗时代的政治文化运动，实际上是皇帝为挽回他在"澶州之战"中失去的天威，装神弄鬼造出来的假动作。大中祥符元年（1008），宋王朝的君臣们合谋自编自演了一出"天书降临"的戏，还拿写了蝌蚪文的黄绢缚在鸟尾巴上。真宗率百官装模作样地跪接，以为这样一来，又可征服四海、夸示外国了。

一些"文人隐士"，本来就浊气冲天，翩然一只云中鹤，飞来飞去丞相家，岂肯错过这追名逐利的大好机会？当时纷纷借封禅之机，呈献谀文。只此一纸便可得官，又何必十年寒窗？趋炎附势、阿谀谄媚、怪力乱神，几成时风。

可贵的是林和靖此时却反潮流而行之，一派乌烟瘴气之中，回归了山林。

回归山林还不够，他还开发建设了山林。

首先就是植树造林，也就是娶"梅妻"。他植梅三百六十株，一株收入一日所用，又种松、竹、桃、杏、柿、梨以及石竹、蔷薇、菊花、荷花，孤山终成花果山。

122

同时，他还采药、种药、卖药、捕鱼。一湖明月夜渔归，水痕秋落蟹螯肥。林和靖辛劳得很。

林和靖又有"鹤子"，养鹤以做信使。客来，鹤即翔于湖上，林逋见，返舟而归。可见，林和靖的朋友实在是多。

林和靖还养生，喜做五禽戏。当然，林处士最出名的还是他的诗："疏影横斜水清浅，暗香浮动月黄昏。"一联出，千古咏美绝唱。有俗人曰，此联虽好，亦可咏杏和桃李啊！苏东坡则回曰：可以倒是可以，只怕杏与桃李不敢承当吧。

都云林和靖终身不娶，方有"梅妻鹤子"之说。我却终有疑惑，那个终生只爱草木禽羽的人，竟然能写出《长相思》来：

吴山青，越山青，两岸青山相送迎，谁知离别情？
君泪盈，妾泪盈，罗带同心结未成，江头潮已平。

想来，处士林和靖也是有眼泪，有爱情的。梅可爱，鹤可爱，但终究是人可爱。我曾从杭州地方志专家林正秋先生处知，林和靖果然是有爱情的，不但有爱情，而且还有婚姻；不但有婚姻，而且有后代。后代大大地多，一分为二：一支在浙江奉化，人丁兴旺；另一支更不得了，漂洋过海，竟到了日本。到了日本还不算完，竟成了日本人制作馒头的祖先。这就近乎传奇了。但奉化和日本的两支林家近年来又在杭州胜利会师，摄像于孤山祖先的梅树下，有林教授挽臂为证。这实在是货真价实的寻根了。至于它在学术上经不经得起千锤百炼，要靠史学家去验证了。我实不敢有林和靖有家有婚姻的断言，但内心深处，却是希望隐士有后的。绝人情爱，不是处士所为啊。

还想澄清的是，所谓"梅妻鹤子"，并非林和靖孤家寡人一个，生活于红尘之外，拔着自己的头发就上了月亮。隐士若如此之隐，倒反而没什么稀罕了。实际上，林和靖和社会依然保持着很深的关系。比如他曾教兄长之子林宥读书，后来林宥中了进士，林和靖还专门写了一首诗《喜侄宥及第》。林宥以后在仕途上也比较平顺，曾跟着名臣胡则在杭当官，他的儿子林大年于英宗时代当过侍御史，为官介洁，大有其叔祖之风。

林逋生前好友中，有许多大文化人，梅尧臣便是一个。梅比林要小整整三十五岁，但他们之间的友谊却极其深厚。天圣年间一个冬季雪天，梅尧臣到杭州访林逋。他们在山中以枯叶和枝条燃起炉火，林逋拿出酒来，两人围炉畅饮，那种文人间充满山野之气的清新交往，让梅尧臣一生难忘。后来他曾说过，林逋的人格，就像那高山中的瀑布泉水，越与他接近，越觉得他的高尚与可亲。

林逋与宋代官场的间接往来，最典型的就是与范仲淹的交往，林逋要大范仲淹二十多岁。天圣年间，范仲淹来拜访林逋，已经是林逋在世间最后的岁月了。一个是"先天下之忧而忧"的政治家，后来威镇西夏的军事家；另一个则是避世的隐士。两个气质完全相异的人，在中国儒道传统文化的共同背景下，却奇妙地成了忘年之交。一个钦佩另一个的忧国忧民，一个赞赏另一个的高风亮节，范仲淹赠了五首诗给林逋。二十多年之后，范仲淹来到杭州为官，又为杭州人民排忧解难，解民倒悬之苦。

北宋杭州的历任行政长官中，至少有五人与林逋是有较深交往的。不说别的，他死时，杭州知州李谘便素服守棺七日才葬之。可见，林逋并不是人们一般意义上理解的散淡之人。有位杭州高僧名叫智圆，与林逋交往甚好，对他的认识也不同凡响。他认为林逋实际上是一个"荀孟才华鹤氅衣"式的人物，外表是清高出世的，内心却有着荀子和孟子般的入世精神和处世才华。正因为如此，林逋性格中另一面的东西，是要靠与政治家们的交往体现出来的吧。可见中国的隐士文化，是个非常有意思的命题，往往是需要隐者与显者共同来完成的。孤山的林和靖墓，仿佛就是一个佐证。

今日孤山的处士墓，亦是历尽沧桑。林逋去世之后，人们就把他的故居巢居阁奉为祠堂，后来还把他与白居易、苏东坡一起祭祀。元灭宋时，杨琏真迦盗了宋王的陵墓不算，把一直不与朝廷合作的林逋墓也挖了。结果，里面唯砚一方、笔一支。以后再修复，元代一个叫余谦的人复植梅数百株。明代前前后后对孤山林墓就修复了六次，张鼎和张岱都补种过梅。清代康熙还仿董其昌的字体，录了南北朝诗人鲍照的《舞鹤赋》，勒石亭中。林则徐来杭，在孤山补种梅花数百株，并在每株梅上挂了牌子，禁止人们采折。他还对林和靖故居做了修建，题楹联曰："世无遗草真能隐，山有名花转不孤。"

舞鹤不归，梅林依旧。孤山自古多梅，今亦如是。中国人选国花，选来选去离不开牡丹与梅花。牡丹国色天香，大富大贵，倾国倾城；然梅花无双之品，冰肌铁骨，清高傲雪，孤芳自赏，最对中国士大夫风骨，故梅兰竹菊四君子中以梅为首。牡丹之于梅花，犹如人臣之于隐士，犹如儒家之于道家，犹如"达则兼济天下"之于"穷则独善其身"。中国数千年来，有代代忠臣良将为楷模，亦有代代山林中高人贤士为榜样。在晋有陶渊明，在宋便为林和靖了。这里面寄托着怎样的人生理想啊！

苏东坡修出的杭州之眉

　　要了解一位如苏东坡这样的诗人，仅仅读过他的传记，是远远不够的。我们得经常吃东坡肉，经常逛东坡路，经常漫步于苏堤，并知道西子湖的名字是苏东坡起的；我们要读一些史料，由此知道中国最早的公立医院的雏形由苏东坡在杭州创立，他发明的一种中药丸子救了许多杭州人；然后我们还要去一些庙宇，由此知道中国佛教史上的十方选贤制，正是苏东坡在径山寺创立的；我们还要在杭州大麦岭的一块不大的石刻上看苏东坡的题记，在杭州碑林内读苏东坡撰写的《表忠观碑》；我们要去吴山上看"感花岩"三个字，去老龙井看"老龙井"三个字，虽然只是传说由苏东坡所写，但我们相信笔画中有着苏东坡的信息；

我们还要读他的许多许多的诗……这样，我们才能提"了解"二字。他那些和杭州山水融为一体的诗，共有三百多首，其中单单歌颂西湖的，就有一百六十多首。读苏东坡的诗也是要讲环境的，我们必须登上北山路路口的望湖楼，凭栏品茗，这样我们才能沉醉于苏太守九百多年前"望湖楼下水如天"的意境。也只有在这时候，你作为一个杭州人，才会感受到，自己已经无法想象没有苏东坡的西湖是什么样的西湖了。你才会发现，一个天才介入了近千年之后的人们的精神世界，使后人无法不呼吸着他，不注视着他，不聆听着他，不感受着他，不被他浓郁的诗情画意渗透。这时候，你会像禅悟一样，恍然大悟。你感谢冥冥中的那个上苍——上天谪下了苏东坡，仿佛专门就是为了西湖的。中国人形容能够幸运地碰到贵人，常连称"三生有幸"。"三生有幸"，用在这里倒十分恰当。杭州人能够遇上苏东坡，那才叫"三生有幸"。

　　白居易来杭两次，第一次尚为少年，真正地管理杭州，也就只能算是一次。苏东坡也来杭两次，却名副其实，都是为守杭而来的。

　　1057年，二十一岁的苏轼、十九岁的苏辙和他们正当壮年的父亲苏洵同科及第，名动京师。那是何等的意气风发！其后，苏轼宦海浮沉四十年，既不是旧党，又不是新党，想要维护他那清高独立的人格，又要"达则兼济天下"，其难，如他故乡的蜀道。苏东坡便一会儿贬下去，一会儿浮上来，在中华大地上浪迹与周游。他的两次守杭，盖源于此也。

苏东坡第一次来杭当通判，年方三十五岁，是因为反对王安石的新法而遭到贬斥。为官三年，算是个行政副手，苏东坡在杭州倒也快活自在。民间至今还流传着他"画扇断案"之事，说的是小商贩吴小控告卖扇子的张小二拖欠了他的钱。张小二则告曰"天凉扇乏，卖不动"。苏东坡便动恻隐之心，在张小二的白绢扇上作画，款题"苏东坡"，扇子顿被一抢而空。这等潇洒举措，心到手到一挥而就，想来也的确是苏东坡的风采。

任副职的苏东坡，在杭州挥洒着他的诗意浓情。他与名妓琴操参禅的故事，大约就发生在那时。当时，临安姑娘琴操也就十八九岁吧，人们只说，通判一句话，琴操出了家。其实苏东坡是很喜欢这个杭州郊县姑娘的，还带着她上过径山呢。至于他的爱妾王朝云，本就是一个杭州姑娘。

虽然免不了风流韵事，但一两枝梅兰竹菊、几个红颜知己，对苏通判来说，毕竟是远远不够的。对大天才而言，没有大关怀和大创造的生活，几乎是不存在的。他守杭州，也写诗，也作画，也和美女相悦。但从根本上说，他是介入政治的，最关心的还是百姓疾苦。从这点上说，苏东坡是一个儒家。

杭人生计，多少年来，还是脱不掉一个"水"的苦字。从李泌开六井到苏东坡时代，已经过去了近三百年。六井复又废坏，杭人饮水，或到西湖，或到相隔十几里路的山外，挑担取水，实在不便。

亏了苏东坡亲自调查治理，又将治井工程交给了四个精通此道的和尚，花了半年工，修好了六井。恰于此时天降大旱，江南水井尽枯，其他地方的百姓相互赠水，水珍贵得用酒瓶子盛，杭州人却免遭此劫此难。他们无不念"阿弥陀佛"，为苏东坡念佛诵经。

十五年后，苏轼再到杭州任知州，见那六井又坏了，重访那四个和尚，只剩下垂垂老矣的子珪了。子珪做了技术改革，再塑六井，西湖甘水，殆遍一城。苏东坡便为子珪向皇上请了功，希望赐其"惠迁"为号。井旁一桥，也被命名为惠迁桥。

苏东坡重水，实为重民。像他那样的大文人从政，却能治理得百姓有口皆碑，在中国历史上也是一个范例了。他离了杭，心里挂牵的，仍旧是新堤旧井，解决用水问题就成了他州治的首要任务。后来他被贬到了天涯海角的海南，许多与他有相似经历的知识分子经受不住贬官，死了，但苏东坡不一样，他顽强地活着，并且以他的方式继续为人民服务，还在关心着老百姓的用水问题。我曾去过海口，在苏公祠里瞻仰过苏公。看到他在海南治水的政绩，就想，苏东坡在治理海南的水时，心里肯定藏着一个杭州的西湖吧。

苏东坡重水，才有重西湖这一说。历来苏轼文重天下，赞美西湖的游山玩水之作脍炙人口。有人以为苏轼是因为爱惜山水才治理山水，此一误矣。

西湖，乃一人工湖。已故浙江大学校长竺可桢先生在《杭州西湖生成的原因》中说，西湖若没有人工的浚掘，一定会受天然的淘汰，现在我们尚能徜徉湖中，领略胜景，亦是人定胜天的一个证据。

苏东坡第一次来杭时，西湖已有十分之二三淤塞了。十五年后，苏东坡再来，西湖又小了一半，当时人称其为"葑田荷荡"。这一年，杭州恰好又碰上了大旱，湖水干得底朝天，濒湖的几千顷良田得不到灌溉，老百姓的生活苦不堪言。第二年夏天，老天掉了一个头，连绵的大雨，使钱塘江两岸几成泽国，街巷里弄，得用舟楫才能通行。老百姓无处逃命，只好爬到大坟丘上栖身。如此折腾下去，杭州人民将永处于倒悬之中，而西湖亦将荡然无存。

史家研究苏东坡者，多以为苏的思想是儒释道三家并举的，但究其底，在为官从政方面，修身、齐家、治国、平天下，还是以儒家文化为其标尺的。苏东坡对人民疾苦的关心，并不亚于对自己诗文的关注。基于此，苏东坡一面上书朝廷请求减免赋税，一面提取了四十万石的官米，减价平粜。他甚至还捐出自己的薪俸，设立了医院，帮助杭州人民度过灾荒之年。

然而这些举措毕竟是治标不治本。正是在这样的背景下，苏东坡的目光转向了西湖。1090年，也就是北宋元祐五年，伟大的诗人亲自为西湖请命，上书宋哲宗，写下历史性的文件《乞开杭州西湖状》。那著名的断言——"杭州之有西湖，如人之有眉目，盖不可废也……"便出于此。

苏东坡提出了西湖不可废的五大理由：

第一条貌似最重要，其实最不重要，只是东坡这位艰辛备尝的北宋老臣做的官样文章，让皇上看了舒服开恩罢了。说的是西湖乃放生池，每年四月八日，数万人在湖上放生百万数，它们皆向西北磕头说皇上万寿无疆呢。

第二条为灌溉。放水一寸，可灌溉南岸之田一千五百多亩。

第三条为民饮。城内的井，要靠西湖水引入，才便于人民饮用。

第四条是助航。城内有一条通航的盐河，要取水于西湖。

第五条是酿酒。用西湖水造酒，质好味醇，所缴酒税年达二十余万缗，全国第一。

以上五条，一条为皇帝，另四条均为国计民生，倒的确不曾想过要筑一条万古流芳的苏堤来纪念自己的。

朝廷一分钱也没有给知州，只给了一百道僧人的度牒，也就是和尚尼姑的身份证。苏东坡拿它换了一万七千贯钱，又亲自发起募捐，写字作画，到店铺里去义卖，这简直就是一个拯救西湖的"希望工程"了。要知道，这可是九百余年前的事情啊。

从夏到秋，苏东坡动用了二十万民工，终于把西湖治理好了。

但多余出来的淤泥葑草该怎么办呢？这时，诗人的奇思妙想以那天马行空般的大手笔，跳出来参与美的创造、参与历史的构造了。构筑一条横亘西湖南北的长堤，并不是那么容易的。在没有的地方布置出有来，并使它从此万古流芳，那就是一句写在西湖上的大诗行！是只有苏东坡这样写过"大江东去，浪淘尽，千古风流人物"的具有魄力和想象力的伟大诗人才有的天才创举！

余下来的才是关于苏堤的美。鲁迅先生以为的"杭唷杭唷"派，是劳动创造艺术，劳动创造美，苏堤正是劳动创造的最美好的良性循环之美。这是用从西湖中挖掘出的葑草和淤泥修筑的一条自南到北横贯湖面的二点八千米的长堤，这可是一条交通要道，西子湖南北两山从此得以沟通。功成之后，苏东坡也不免为自己的这一政绩而自豪，纵情歌唱之：

> 我在钱塘拓湖渌，大堤士女争昌丰。
> 六桥横绝天汉上，北山始与南屏通。
> 忽惊二十五万丈，老葑席卷苍云空。

传说，大堤筑好之后，杭州人民杀猪宰羊，纷纷送往知州处，苏东坡坚辞不受。正你推我拒不知如何是好之际，诗人的灵感又一次迸发。苏东坡原本就是一个美食家，此时嘱厨子按照他的指点，做出了香喷喷的红烧肉，送到大堤上，让杭州人民来一次大会餐。于是，一条名叫苏公堤的大堤诞生的时候，一道名叫东坡肉的杭州菜肴，也就应运而生了。

没有想到的是，此堤一旦建成，竟与白堤对称，形成西湖不可或缺的一道风景线。苏堤筑桥有六，曰映波、锁澜、望山、压堤、东浦、跨虹，形似弯弓，各有其趣。堤上遍植桃柳、芙蓉、蔷薇。苏堤在春天的早晨醒来，六桥上淡妆素裹的烟柳，美得让人常常感动得说不出话来。屏气息心，只恐惊动了它，令美景幻化而去。

今日的苏堤，除了桃柳花木亭阁数座之外已无他物了。当年，这里可是西湖园林建筑的集秀之处，有先贤堂、三山堂、湖山堂、水仙王庙、学真道院……明有文人的私家楼台，清有康熙的"苏堤春晓"。如此一条缎带，轻轻地束住了西子湖的腰身，和白堤一起，成为湖上的双璧。

恋人们，自然是要把那六吊桥化为情人桥的了："茅家埠头芳草平，第四压堤桥影横。桥外飞花似郎意，桥边深水似侬情。"不知多少恋人，在此天人合一呢。

苏东坡在治理好的西湖上泛舟，写出了这样的诗行：

水光潋滟晴方好，山色空蒙雨亦奇。

欲把西湖比西子，淡妆浓抹总相宜。

正是从这首诗开始，西湖作为美女西子的象征传播于天下。西湖有了她最美的爱称：西子湖。苏东坡筑堤一道，吟诗百余首，从他的时代开始，杭州初现了天堂之景。可以说，西湖是从那时起，才开始真正成为人们流连忘返的风景佳丽地。尤其是宋室南渡之后，世人称其鼓吹楼台，极尽华丽。

苏堤是通人性的。人亲近它，它给人以美；人疏远它，它也就湮没自己的光华。从宋代到元代，堤岸就开始慢慢萎缩了。到了明初，堤上的柳树已败，六桥下水流如线，已经完全没有大诗人起初建堤时的盛况了。所幸明代杭州来了一个苏东坡的蜀中老乡做知府，名叫杨孟瑛。他再一次疏浚西湖时，也修补了苏堤，把堤面增阔到五丈三尺，并且又种上了桃柳。昔日美丽的风景又重现了。

不过这样的好景也总是不能够常在。明末苏堤又败，清代又修整，清末又败。这一次，堤上桃柳被砍去后，到处都种上了桑麻。当时人便有诗曰："堤边处处绿成行，不种垂杨尽种桑。"

抗日战争时期，日军占领杭州，把苏堤封起来了，平时不准人进入，还在苏堤上种了许多樱花。光复后，杭州人立刻把那些象征侵略的樱花砍去，复种上桃柳。那时候的苏堤，已经成了民族精神的一种象征。这无疑是东坡先生在世时始料未及的吧。

如今的苏堤，是西子湖上一道最美丽的风景线。当年我父亲在九里松的医院住院时，我常常去看他，归来时总要到苏堤面向金沙港的那一段堤岸坐一会儿。心里藏着生死之事，却无处诉说。其时，只觉得苏堤是解人意的，它知道我的心事。在那里坐一会儿，痛苦就仿佛缓解了。后来父亲去世了，但去苏堤六桥边坐一坐的习惯并没有改变。直到今天，我还常到那里去。傍晚的时候，人少了，凉风吹来，有时回头看看后面的堤路，好像看到那宽衣峨冠的长脸东坡飘飘欲仙地从苏堤上移去，一会儿，就消失在浓浓的柳荫后面了⋯⋯

带着两袖的清风

　　身为杭州人，常为于谦遗憾，同是明朝的忠臣良将，于谦、海瑞起码该齐名。但因吴晗的《海瑞罢官》与"文革"那一场政治运动，海瑞便从此家喻户晓。又加史学家黄仁宇在其著作《万历十五年》中，对海瑞有过专门一章的叙述，因此在学术圈里，海瑞其人也赫赫有名。其实，杭州人于谦，民族英雄，功名不下海瑞。报上每每提到廉政，就说干部要两袖清风，一心为人民，这时我就想到于谦。"两袖清风"这四个字，就是从于谦诗里出来的啊，如今也已经成为民族精神中的一个组成部分了。于谦何其伟大！

　　今人所知的于谦，大多与他所写的一首诗有关。那是他少年时代在杭州吴山三茅观读书，在富阳观看石灰窑烧窑时所吟的《石灰吟》：

千锤万凿出深山，烈火焚烧若等闲。

粉骨碎身浑不怕，要留清白在人间。

西湖三英烈中，岳飞是河南人，张苍水是鄞县人（今浙江宁波），倒是明代人于谦（1398—1457），虽祖籍河南，但几代定居杭州，也算是个真正的杭州人了。

常人眼里，杭州男儿风流倜傥，多为江南才子。于谦不然，慷慨悲怀，大有燕赵男儿之风。

在老杭州人的传说中，于谦是一个神童式的人物。今日的杭州上城区清河坊祠堂巷42号，有修复的于谦祠堂。我有好几年时间在祠堂巷旁来往，常常要走过这条杭州的普通小巷，每天都会看到于谦的故居，不过是一个小小的台门而已，里面的小屋也一望即知。这就像是普通人家的居室嘛，看上去心里就十分亲切。

六岁时，于谦便在庆春门附近的私塾读书了。

因为是神童，便有了他的许多传说演绎。比如说，他头上梳着两个小髻在外散步，遇到一个名叫兰古春的和尚。和尚听说此童早慧，有意试之，曰："牛头且喜生龙角。"

于谦听了，立刻对道："狗嘴何能出象牙。"

这样的故事，倒也见于谦的性格，一是极其聪慧；二是极有反抗精神，没有书呆子气。

古来多少读书人，虽有满腹经纶，终无所用。于谦不一样，在封建社会，他也该算是一个少年得志仕途通达的人了。十五岁就中了秀才；二十岁以第一名成绩考取廪膳生；二十三岁，获全省乡试第六名举人；二十四岁进京会考，得第一名，这个翩翩的杭州才子可谓轰动京城。但是最后，于谦因为指点朝廷腐败，还是被贬压下来。

于谦那"于青天"的美名，来自他三十三岁出任兵部侍郎之职以后。作为皇帝的钦差大臣，他任河南、山西等地巡抚十余年。做封建社会的地方官而要做得清，无非关注吏治的得失、百姓的疾苦、农业的荒歉、水利的兴废等。于谦把妻儿留在京城，自己长年累月在州府奔波，照今天的话说，就是深入群众，调查研究，战斗在第一线。

他下了一条指令，准许百姓直接到巡抚衙门告状。他的部下认为此做法有伤尊严，于谦说："官员被百姓咒骂，这才有伤尊严。"他做官是真清廉，每次进京，除了简单行李，再无他物。有人就给他出主意，说："不带金银财宝去攀求富贵，倒也罢了，不过你带点土特产，什么线香、香菇和手帕之类的小玩意儿，做个人情，不是很正常吗？"于谦笑着说:"谁说我没带东西,我不是带着两袖清风吗?"真正是"两袖清风朝天去,免得闾阎话短长"。我们今天歌颂一个官员廉政,就送他一个成语"两袖清风",殊不知这个成语,却是杭州人清官于谦送给后人的啊!

于谦清官,百姓拥戴,朝贵们就忌恨他了,竟然诬陷他于死地。幸有忠臣百姓作保,他才从狱中被放出,不过,他的二品官降到四品官了。

于谦为官的时代,仅做清官是不够的。那个时代,和平中潜伏着严重的战争危机,边境打打谈谈为常事,甚至直接威胁中央政府的生存。于谦受命于危急存亡之际,大起大落,大开大阖,临危不乱,果决勇断,称得上是位非凡的政治家了。

1449年,英宗受太监王振挑动,带了五十万大军去河北怀来县的土木堡迎战北方的瓦剌部兵马,结果全军覆没,自己也当了俘虏。这就是历史上著名的"土木堡之变"。

皇帝被俘,这还了得。此时京城空虚,疲惫不堪的将士只剩下十万人左右,朝廷里就好比塌了天。在这大厦将倾岌岌可危之际,英宗之弟郕王出来监国,立刻就有人提出南逃。其中侍讲徐珵力主南迁,当了兵部左侍郎,也就是国防部副部长的于谦坚决反对,厉声在庙堂上说:"谁说往南逃,就斩了谁!京城是天下的根本,一动则大事败了,难道你们没有想到当年宋王朝的南渡吗?"

当时的明王朝大臣们因为考虑到国内不可一日无君,而太子又太小,就请皇太后同意让郕王为帝,于谦极力支持,说:"这是为国家,不是为了一己的私利。"

英宗的弟弟做了皇帝,是为代宗。代宗让于谦当了兵部尚书。可以说杭州人于谦真正是受命于危难之际啊。保卫京城,就在此一战了。那年于谦已年过半百了。深秋十月里,他披着盔甲,登上德胜门,流着眼泪,站在阵前,对守城官兵说:"大片国土沦陷,京城被围,这是我们的耻辱,全军将士应以头颅热血,雪此奇耻大辱!为国存亡而战,有进无退。"

瓦剌军队押着英宗做人质,逼到城下,于谦毫不犹疑地派人宣布:你吓不倒我们。社稷为重,君为轻,我们已经另立国君了!

五天五夜的激战,北京保住了。立下了卓越功勋的于谦,加官为少保。

真想问一问九泉之下的于谦,当他大声向从前的皇帝宣布"社稷为重,君为轻"的时候,皇帝真的就甘为轻了吗?明朝的强大使敌人害怕,奇货可居的英宗也没有贮之的价值,便被无条件放回。这历史上空前未有的业绩,这明朝军事史上的重大胜利和外交史上的辉煌成就，究竟给于谦带来了什么呢？

八年之后，英宗复辟了，幽杀景泰帝于西宫，杀于谦、王文等臣，史称"夺门之变"，罪名是谋反。于谦临死前笑着说："当年八十万精兵凭我调遣我都不反，今日我一个秀才倒来谋反了？"旧时的于谦祠，有一副柱联，把于谦的冤案与春秋伍子胥遭谗、岳飞屈死联系在一起。联曰：

千古痛钱塘，并楚国孤臣，白马江边，怒卷千堆雪浪；

两朝冤少保，同岳家父子，夕阳亭里，伤心两地风波。

于谦死前，按惯例抄家产。他当了三十年京官，家中只有几本书，什么值钱的东西也没有。他为官显赫的时候，口不言功，赏他双俸和华屋，他都力辞不要。他死后真正实现了他生前的志向：两袖清风。他的灵柩，第二年才由他的女婿运回故乡杭州，葬于西湖三台山。又过了八年，他被平反了，于是北京的住宅改为"节忠祠"，杭州的故居被改名为"怜忠祠"。他身后的英名也被不断地追加，直至万历年间，被谥为"忠肃"。

于谦的祠，不知为什么，后来成了杭州书生考试前后祈祷的专门场所，据说还灵验得很。这大概与于谦的高风亮节和少年才华有关吧。忠烈成为神佑，也是中国人一般的思路。杭州书生们有了清清白白的于谦少保的保佑，亦是一方土地的福气呢。

我去三台山多次，每次都要去拜谒于谦这位钱塘乡亲、民族英雄。我总觉得这位英雄的内心世界还有待更深挖掘，在他身上承载着更深的中国文化内涵。比之于岳飞和张苍水，他最大的不同是直接地、自觉地挑战皇权。在他面对罢废的旧皇，喊出"社稷为重，君为轻"的时候，他并不是出于一时的权宜，而是出于一种信仰。想必他也已经为这信仰做好了献出生命的思想准备。同样是英雄之地，三台山较之于岳王庙和张苍水墓是寂寞的。我甚至想，连这身后的寂寞，恐怕也是于谦早就想到过的，也是他愿意接受的呢。

杨孟瑛的西子湖

　　杨孟瑛和白居易、苏东坡一样，都曾经当过杭州的最高长官，而且还和他们一样，都在西湖上修过一道堤。但白、苏二人名冠天下，杨孟瑛却只有研究杭史的专家才知道他。我不知道这是不是他不怎么会写诗之故。这样的事情在历史上也是不乏其例的。你做了一件大事，历史可能记住了你，也可能就把你忘记了；人民可能为你建生祠，也可能压根儿就不知道你姓甚名谁。历史和人都更注重那些看得见摸得着的东西，比如白堤和苏堤，直到今天还躺在西湖上，没法让人忘了那筑堤的白、苏二人。但杨堤就不一样，它已经完成了它的历史使命，它消失了。

　　为一个被人们淡忘的好人写一点什么，为一条已经消失的堤说一点什么，这是我的初衷。也许人们因此而多知道这个人一些，也许依然记不住他，没关系，我已经做过我的努力了。

首先我们得问这样一个问题：西湖究竟是什么？我可以这样比喻它：西湖，是一粒会飞的夜明珠，有一对美妙绝伦的长翅膀，舒展在江南大地上，人们在她的彩翼中穿行；它的一羽为白堤，另一羽为苏堤。

其实西湖还有一羽，还有一道当年影响很大的堤，后来却消失了，筑堤的人就是杨孟瑛。明代田汝成在《西湖游览志馀》中评价说："西湖开浚之绩，古今尤著者，白乐天、苏子瞻、杨温甫三公而已。"

这个杨温甫，也就是杨孟瑛。杨孟瑛应该也是会写诗的，他是明成化二十三年（1487）的进士，科举考上来的天府之国的才子。但显然和他的四川老乡苏东坡没法比，有多少人知道他是哪朝哪代何许人也！

然而，从前，他可是被称为"白苏以后贤太守"的，直到今天，我们都还天天在他曾经筑建的那条消失的堤上行走呢。堤旁是曲院风荷、金沙港度假村、郭庄和花圃。只是被称为杨堤的堤与名称俱已湮灭，人们把这条从前美丽过的堤称为西山路。

146

然而，消失了的堤，若在个人的心里延伸，你不就有双重的游弋了吗？在赏心悦目之中，再加压一点历史的溯游，你就会知道，历史曾经出现过这样的偏差，如果不是杨孟瑛，你就几乎游不成西湖，西湖差一点就没有了。沧海桑田，难道只是一个成语？

　　追溯历史，经过唐宋王朝的格外青睐，西湖落得个"销金锅"的名声。元代的统治者们，把西湖当成了红颜祸水，打入冷宫了事。这将近百年的冷遇，使一个大家闺秀几乎沦落成柴门鬟婢。苏堤以西，葑草蔽湖；六桥之下，水流如线。有钱有势的人家，把西湖像切蛋糕一样地分块霸占，做了菱田荷荡。

　　到了明代初年，杭州的官府看着积重难返，干脆把傍湖的水面划给了豪富。豪富们名正言顺，便编起了竹篱，高者为田，低者为荡，弄得"碧波万顷"的西湖阡陌纵横、支离破碎。

　　当时的杭州民间便流传了这样一首歌谣：

　　　　十里湖光十里笆，编笆都是富豪家。
　　　　待他享尽功名后，只见湖光不见笆。

一直到了明代的宣德、正统年间，也就是1426年到1449年间，杭州开始恢复繁荣，地方官也才开始关注西湖。又过了数十年，弘治十六年（1503），杨孟瑛到杭州来当知州，恢复西湖以前的荣光，才被提到议事日程上来。

杨孟瑛，四川丰都县人。丰都在长江边上，名气倒是挺大，都说那是鬼城，还因鬼文化成了旅游胜地。苏东坡的老乡杨孟瑛从四川出来做官，一直做到这江南的杭州古城，这官当得可要比苏东坡更累了。苏东坡当年知杭，西湖淤塞十之有四。杨孟瑛任务更艰巨，他到杭州的时候，西湖几被占尽，已达十之八九了。

疏浚的使命如此严峻，而疏浚的手续却更加繁复。白居易治湖，根本不要奏请朝廷批准。苏东坡就麻烦多了。等到杨孟瑛时便更为复杂，从上书朝廷到正式开工，足足花了五年时间，直到明正德三年（1508），才开始动工。

浚湖阻力最大的，还是来自豪富。因为要浚湖就要毁田，就要损害有钱人的利益。为了防止豪富刁民闹事，杨孟瑛特意写了一篇谕民文告，大意是：

先贤们为百姓着想，想到根本上，所以浚通了西湖，特来灌溉周遭良田。如今西湖却渐渐湮废了。我今虽力图浚复，但是湖上园池，却尽被豪富封殖。我一旦开毁，必有百口怨咨民伤心，我也不能不动恻隐之情。但今天的民产，本来就是官湖，是民侵于官以肥家，而我现在，则是要官取民以复旧。何况如今水尽湖塞，田渐荒芜，数十人家得利，千千万万人却吃苦。所以凡我统治下的湖边的父老，请率领你的乡亲族人，及早迁移，不要从中作梗。

整整半年，杨孟瑛动用了民夫八千，历时一百五十二天，拆毁田亩三千四百八十一亩，恢复西湖旧观。所挖的淤泥，一部分给了乡党先贤苏东坡的苏堤，将其填高了二丈，拓宽了五丈三尺，两岸遍植杨柳，使苏堤恢复了"六桥烟柳"的固有景色。

另一部分淤泥，便另筑一堤，与苏堤并驾齐驱，从栖霞岭起，绕丁家山直至南山。杭人感激杨孟瑛对西湖山水和百姓的一片厚爱，遂呼之为"杨堤"。

杨堤亦有六桥，曰环碧、流金、卧龙、隐秀、景行、浚源，人称"里六桥"，与苏堤"外六桥"相衬相映。

历史上曾经有过这样一个时期，每当春暖花开，游者如织，花锦纷呈，这一带是何等奢华。

里六桥，外六桥，隔株杨柳隔株桃。诗人用他们习惯的《西湖竹枝词》来歌唱自己的故乡：

十二桥头日半曛，酒垆花岸共氤氲。

七香车内多游女，个个搴帘过岳坟。

杨堤的消失，当在清代。其时，由于西湖淤浅，杨堤西面已多为农家的田桑之地，行游者已经十分稀少。两百年之后，虽还增高增宽，但终因里湖淤浅而废去也。

若说西湖是匹锦缎，历代建湖浚湖的人，便是来来往往的一把梭。

如今，却是少了一把梭子了。

杨孟瑛治湖的全过程，当有一颗不平的心。在他日夜督工的日子里，就已经遭到了监察御史胡文璧的弹劾，罪名是"开溽无工，糜费官帑，宜罢黜"。经吏部讨论，大概看看离了他一时也实在没有人能治理西湖，就说"工在既往，理无可复"，把他降为杭州知府，同时又要他"量用民力，以终全功"。打了他，还要他干活。西湖疏浚的当年，仅仅一个月后，杨孟瑛便被反对派弹劾了，说他消费官币、浚湖无功。他被降为顺天府丞，终于离开了杭州。

今天的杨堤，虽然是消失了，但在杨堤之上建成的西山路，却成了鲜花盛开的花路。曲院风荷在路口，早已不是从前"西湖十景"概念中仅仅看荷花的地方了，可以说就是一个四时不败之花的所在地。再往南走是郭庄，是花圃。杭州花圃营造的是当今中国一流的赏花胜地，花事既盛，草树亦茂。走在今日的西山路上，两面种植的不再是袅袅弱柳，而是粗大的法国梧桐，一场秋雨过后，人迹稀少，满地黄叶堆积，成了李清照婉约的意境，然那愁绪中又有着明丽的色调，寂静而不落寞。沿着西山路再往南走，你会走过从前的刘庄，你会走过丁家山，丁家山中埋葬着被军阀追杀的《申报》主笔史量才；你会走过燕南寄庐，那是"江南活武松"盖叫天的宅院，他死后就葬在西山路旁的山坡上。盖叫天墓地有一亭，有一联，曰："英名盖世三岔口，杰作惊天十字坡。"原来，盖叫天的真名为张英杰，《三岔口》和《十字坡》都是盖叫天的拿手名戏。这一楹联中，把盖叫天的名字和名戏都点出来了。

　　沿西山路再往前走，就到了花港观鱼的后门了。这里有座小山，名字取得妩媚，叫花家山。过了花家山，就到了西山路的尽头，出来恰逢虎跑路。往右一侧，就往虎跑去了。要往南山路去呢，也是好去处，太子湾一年到头的花事且不去说它，最妙的却是那一年到头的婚事。这十几年来，杭州人结婚时兴到太子湾去拍室外的结婚照。你从西山路北头出来，可以说一不留神就会碰到一对新人，新娘披婚纱，新郎穿西装。而且，就在这恍恍惚惚之中，似有香车宝马又纷至沓来。杨堤，这条消失的堤，仿佛就在这样的良辰美景中，活过来了……

（注：此文写后十年，西湖西进，杨公堤恢复。）

卡夫卡与李叔同之死

　　读克劳斯·瓦根巴赫的《卡夫卡传》，知其临终时情况，与我平时对卡夫卡的印象大相径庭。一直以为卡夫卡会像李叔同那样辞世，研墨而书："君子之交，其淡如水。执象而求，咫尺千里。问余何适，廓尔亡言。华枝春满，天心月圆……"圆寂前又书"悲欣交集"四字。那是秋风萧瑟夕阳西下立于虎跑的石级上，遥闻南屏晚钟时方能感知的情怀。在暮色中仿佛看到衲衣芒鞋的法师，沿石级而上，擦我之肩而过时目不斜视，衣角窸窣，归于无……

　　以为孤独至极的卡夫卡也会在这样的忘川中逝去，孰料竟是完全的相异。"弗朗茨渴望活下去，他十分准时，严格地遵循医嘱，这种准时性和严格性是前所未有的。如果他能早些结识多拉，那么，他的生存意志就会来得更早、更及时，而且更加强烈。"

多拉·笛雅梦特是卡夫卡临死前热爱着的女友。身患结核病的卡夫卡曾两次订婚又两次解除婚约，病危时向多拉求婚，并向多拉的父母写信，称自己是个忏悔的正在回心转意的犹太人，这和绝食拒医而圆寂的李叔同恰恰背道而驰。他的生存意志和李叔同的死亡意志，就意志而言达到了同样的力度，只是方向刚好相反罢了。

卡夫卡在其职员生涯中，结识者寡。弘一法师则交友广泛，甚至在出家的二十余年间，亦为善男信女写条幅不下一万幅。然从二者的生命终结为起点倒溯，你却看到一个渴望生活者与另一个投入生活者的不同的文化人格。以悲剧精神认真负责地经历磨难的人生，而并不觉得人生有何可以渴望的弘一法师临终言：倘我死时眼中有泪，并非我对人世有丝毫留念，只是我对自身罪孽的忏悔。对世界既已如此决绝，告别生命时便也就分外潇洒。潇洒之中渗透的惨淡，被坚韧无情的意志包围，看上去便也格外沉着冷静而不显其悲凉了。

卡夫卡闯过虚无人生这一关，死得热情而焦灼。当卡夫卡自感生命垂危时，他要求打吗啡，并以亢奋的精神状态留下名言："杀了我吧，不然，你就是凶手。"大夫为他用了鸦片，他高兴了，连声说："这样好，多打一点，多打一点，这样还不够！"痛苦的时候要求解脱，解脱的时候表达欢愉，这就是生活的意志。怕他的妹妹和朋友传染上他的病，他临终前断断续续地要求他们离自己远一些。当朋友站起时，他说："别走开。"他的朋友回答说："我不走开！"卡夫卡用低沉的声音说："可我要走了。"

我一直想，怀着爱情死去的人不计其数，何以卡夫卡之死动人心魄，何以卡夫卡怀着的爱情质量非凡，何以卡夫卡之死会使我横向联系到李叔同？

生命与爱的走向如李叔同者不乏其人。少时浪漫多情而终走向严酷理智，只是李叔同走得格外高拔卓越罢了。而如卡夫卡般从浓郁的悲剧生涯中走向明亮，使闪烁不定的情爱之火在生命终点熊熊燃烧，却格外显得伟大。毕竟，像卡夫卡这样的作家，担负的是一个时代的痛苦，预感的是整个世界的灾难。一个真正的思想者从黑暗走向光明的途径，远远比从光明走向黑暗更艰难曲折。当李叔同给我们留下"无"时，卡夫卡留下了"有"，孤独的卡夫卡死亡时更强大。

马可·波罗眼中的杭州

　　1276年，谢太后带着三岁小皇帝宋恭帝在临安城门外，跪迎元朝骑兵，文天祥则在半山元兵帐篷怒斥方遒；而遥远的意大利，一个名叫马可波罗（1254—1324）的威尼斯青年，年方二十二岁，照他自己在《马可·波罗游记》里的说法，此时的他应该已经在中国了。

　　历史行将进入下一个单元，这位十六岁就跟着叔叔们穿越大沙漠，碧眼高鼻的年轻人，在北京这遥远的元大都待了太久。他向往那个传说中的江南，他向往杭州。

　　元代建都在今天的北京，而浙江则改为江浙行中书省，以往的王朝中心变成边远行省。政治地位虽然一落千丈，但终究未受战火严重破坏，经济在宋亡后很快恢复发展。

156

农业在浙江，时为全国最为发达之处；手工业则同样举足轻重；至于商业和海外贸易，当时中国沿海七处设立市舶司，浙江占其四。从贸易口岸和品种来看，甚至超过宋代。

然而，在马可·波罗的东方见闻中，浙江元代最辉煌的象征，还是人间天堂——杭州。

作为一名意大利浪漫种族的不到三十岁的异国青年，赞美过度是极为正常的，况且在长久等待后，你一句春不晚，他就到了真江南。从风沙漫天中来到小桥流水人家，他难免会如梦如幻。

所以请不必如税务官员一般地去核实他的这些描述，尽管他详细又夸张地写道："城内各行各业有十二种行会……每一行会各有一万二千商家，每商家雇佣的人至少有十二人……此城商贾的人数与财富……没有人能做出精确估计……"

他进一步走马观花般地想象着说："行业的主人和他们的妻室，是不从事劳作的，其生活之奢侈，犹如国王和皇后。妻妾们大都天生丽质……"显然在这里，他把杭州的富商们，当作拥有土耳其后宫的"苏丹"们了。

然而，他对西湖的描述，应该还是印象准确的，也说明当时必定是南宋灭亡时间不久，西湖如一个被趁火打劫后的贵夫人，家园已无，脸面还在。

故马可·波罗说："城内有一大湖，周围约三十英里。沿湖皆为宫殿与楼台亭阁，其富丽堂皇和极其别致的建筑格式，当然属于城中权贵所有。沿湖还有许多信神拜佛的人的庙宇与庵堂。湖中有两岛，每座岛上有一富丽而讲究的建筑。"

他说湖上有两岛，当时阮公墩尚未出现，湖心亭也远远未显，倒是三潭印月已经存在了，这说明他没有把西湖夸得离谱，岛究竟有几个有待考证，但岛是肯定有的，富丽而讲究的建筑也肯定是有的。

但对那些从草原上骑马而至的蒙古人来说，杭州于他们却基本无感。也许是游牧民族的粗犷对江南的精致格格不入，对美如仙子的西湖也极为不屑。在他们看来，南宋之所以灭亡，就是因为这口"销金锅"。

文化上的相悖差异，使西湖这颗天堂明珠几乎遭灭顶之灾。整个元代，地方政府始终没有对西湖进行治理，西湖荒湮严重，沿湖尽为菱荡，六桥之下，水流如线，孤山之南，芦荡俨然。

杭州失去了国都的地位，从政治上说，不能不是一种失落，但有元一代，杭州仍称得上全国经济上首屈一指的大都市。原因在于宋元鼎革之际未受兵燹，水路交通便利，人口继续增长，手工业的发达，商业的繁荣，这些都有前朝的基础。

如果说杭州元代的经济发展上还有什么特点，那就是海外贸易。海外贸易并非元朝独创，早在国威远震的唐朝，广州、扬州、杭州就被并称为中国三大口岸。杜甫有诗云："商胡离别下扬州，忆上西陵故驿楼。"西陵便是从海上出入杭州的必经之地。

至于五代十国，钱塘江上"舟楫辐辏，望之不见首尾"，而北宋又在杭州设置了市舶司，专司海外贸易。南宋出于财政支出的需要，对海外贸易的关照更是有过之而无不及。直到南宋后期，杭州市舶务方被废弃，杭州对外贸易活动亦由此中断。

而元朝一旦接盘南宋，中国便得以横跨欧、亚，元代的海外贸易自此空前活跃，杭州海外贸易立即得以恢复，1284年，在杭州和福建的泉州还专设了市舶都转运司。

元代贸易口岸很多，市舶司最多时达七处，除一处在广州外，其余都在江浙行省，也就是说在今天的浙江、福建两地。其中杭州附近的澉浦港乃要冲之地，远涉诸番，近通福、广，有如此天时地利，生意焉能不火！

对外贸易，有官营、私营之分，杭州的海外贸易恰以私营为主。当时入杭做生意的，多为南亚、西亚、北非的商人，他们通常在杭州设置货栈仓库，用砖石砌于隔河之地以此防火。看来早在元代，杭州就很重视对外开放的环境建设了。

元代进口到杭州的商品，以珍宝和香料居多。珍宝这些奢侈物，当然只有达官贵人们去享受，故多转输大都，平民百姓受益的主要是香药。香药配中药用，虽然昂贵，也算是施惠黎民。

杭州当时的主要出口商品则为纺织品。有个小故事，说的是一位高丽商人在市场看货，店铺里恰有杭州、南京、苏州三地产的绸缎，他一眼相中的就是杭州货。店主问他此为何因，高丽人答道：南京的颜色好又光细，只是不耐穿；苏州的过分浅薄，又有粉饰不牢壮，只有杭州的经纬相等，又好看实用。可见，元代杭州丝绸，在海外的知名度已相当之高。

是否可以这样说，尽管杭州国都的地位已"拱手相让"，但元初，她那风情万般的荣华仍在继续；马可·波罗对杭州的赞美，不排除他的偏爱和放大，也有学者以为根本就没有马可·波罗这个人，更没有游历杭州这一回事。但正是他这部真伪未决的游记，将人间天堂杭州推向世界，在西方人的眼中，杭州成了"一千零一夜"般的神话叙述。

所以"敬神如神在"，今天的杭州人就把马可·波罗像有模有样地雕塑在钱塘门外西子湖头，让他潇洒地一次看个够。

好山色

有明一代历史，尤其明末清初之史，若大手笔道来，不知如何地惊天地泣鬼神。

从前有一种错误的认识，一般以为北人强悍，南人孱弱；北人憨厚，南人机敏；北人忠诚，南人灵活；北人可靠，南人善变。这是极不负责任的。仁者爱山，智者爱水。江南多水，人多机智灵活，这倒有可能，但从品德上说，都是汉文化圈内受儒家文化影响巨深的区域。尤其是江南文化之邦，读书人众多，当官的也多。在国家危急存亡之际，是有许多南国男儿挺身而出，扶大厦于将倾之际的。晚明时，江南就出现了许多这样的文化人。

我对这段历史没有多少研究，但因为一个人的壮烈人生，也不免走进那段岁月。这个人毕生抗清，四入长江，三下闽海，二遭风覆，仍百折不挠。其人又钟天地造化之灵气，学识渊博，才华横溢，忠烈而又有圣贤风，诗曰："国破家亡欲何之，西子湖头有我师。"他生前就对为国捐躯的人生心驰神往，欲与岳飞、于谦分西湖荣光三席。孰料有一天，后人真的遂了他的伟愿，南屏山荔枝峰下其人有墓有祠——姓张名煌言，号苍水，鄞县（今浙江宁波）人氏，真正的民族英雄，万世楷模。

我最早知道杭州西湖边有一个名叫张苍水的人的墓，尚在大学求学之时。记得那一次，全班去六和塔秋游，回来的路上，沿虎跑路行走，快到花港观鱼时，有个住在涌金门一带的男同学说，没有玩够的人跟我来，我带你们去个鲜为人知的地方。大家便离开了大道，沿右边小道走，曲曲弯弯穿过小树林，踏过芳草地，来到荒芜的青冢坟墓旁。当时的感觉非常奇怪，好像突然到了另一个世界，一个与明媚的西子湖完全不一样的地方。此处是那样的肃穆，树高风悲，残阳如血，石马石羊悉入半人高的衰草之中。虽万物萧条，但不觉凄凉，一位大英雄，大默如雷，静静地长眠在此。

从此始知，西湖寻梦中，必不可少张苍水。

张煌言（1620—1664），字玄著，号苍水，鄞县人，世家子弟，祖上有人做过宰相。本来是个衣袖书香的儒生，却尚武。十六岁参加县试，文武双全，以第一名中秀才，二十二岁又中了举人。

国破山河在，张苍水的仕途被清军的入关打断，他燃起为国杀敌之心。他变卖家产，组织义军，形成浙东抗清中心，开始一生的戎马生涯。

纵观张苍水一生的抗清史，方知其时哪里是单纯地抗击外族，更有本族中万千矛盾纠结在一起。有朝廷的，有义军的，有绿林好汉的，还有自己家族的，意志稍薄弱者必退，性情稍投机者必变通，苟且者忠也有理，叛也有理，忠时说大丈夫可杀不可辱，叛时说大丈夫能屈能伸。张苍水绝无那个崩溃时代的崩溃和分裂，他是屡败屡战，对故国从一而终的。他是那个天崩地裂的时代中用特殊材料铸成的人。

1646年，鲁王兵败，出逃舟山群岛。张苍水回家跟老父亲说："儿今日将追随鲁王而去，不能在家侍奉您老了，望父亲自己保重，等儿打退敌人，再来尽孝。"从此永诀。

第二年遇战被捕，他夹在降清士卒中，七天七夜而脱险，回来重整旗鼓，转战四明山。清军无奈，迫其父写信劝降。张苍水回信说："儿不孝，宁为赵苞，不为徐庶，大人善自为计。"

又过三年，张苍水和福王在舟山会了师。闽浙总督陈锦恐惧万分，首先便是劝降，总是拿高官厚禄诱劝。恰逢张父亡故，陈锦劝他回来奔丧。封建社会，忠孝礼义，是读书人头等大事，再大的官，父母死了也要"丁忧"，就是解官回来服孝三年，况张苍水这位儒家文化继承者！张苍水昼夜痛哭的同时，却严词拒降，这才叫"忠孝不得两全"。

不降便只有死战，舟山失，张苍水忠君，绝不丢了福王，与郑成功尽力斡旋，郑氏终于接纳福王于金门、厦门，此间心血，常人难测。又三年，张苍水部驻扎在浙东台州，招兵买马，休养生息，又壮大到了六千人，便拟举兵会师南京。义兵一举攻克金山，远望南京依稀，真是"千寻铁锁沉江底，一片降幡出石头"。张苍水缓缓而道："那就是有名的石头城，我们的开国皇帝，就葬在那里啊！"

想象当年三军服孝设香遥祭的悲壮场景吧。哭声震天，撼动江宁，滔滔江水，流不尽英雄泪。然而，二取南京均告败。呜呼，数也！天亡我英雄也！

又二年，已是1655年的冬天了。患难与共的战友去世，鲁王的旧部分崩离析，与郑成功的部队又时有摩擦，张苍水困厄至极。那后来五年的惨淡经营，潮涨潮落，又是几度的死里逃生。到1662年，东南沿海的抗清力量，仅剩孤立无援的张苍水部。1664年，也就是张苍水举义旗近二十年之际，他才被迫解散了义军，带了几个亲信，隐居在浙东海中的悬岙岛上，著书立说，等待时机。

同年夏天，张苍水因叛徒出卖被捕，方巾葛衣，解至宁波，慷慨陈词曰："父死不能葬，国亡不能救，死有余辜，今日之事，速死而已。"

被押往杭州那日，几千百姓挥泪送别。舟行钱塘江畔，有一解押兵士，夜坐船头，高唱《苏武牧羊》歌。张苍水披衣而起，手叩船舷和之，慷慨悲歌，天地为之动容。这样一位大忠臣、大英雄，连清廷都舍不得杀，只要他肯降，依旧高官厚禄。

正是在从宁波被押解往杭州的途中，他写下了千古流芳的伟大诗篇，把一颗英雄的灵魂从此和西子湖交融在了一起。诗曰：

> 国亡家破欲何之？西子湖头有我师。
> 日月双悬于氏墓，乾坤半壁岳家祠。
> 惭将赤手分三席，敢为丹心借一枝。
> 他日素车东浙路，怒涛岂必属鸱夷！

张苍水只肯死，不肯降，生比鸿毛犹负国，死留碧血欲支天。清朝大臣意见不一致起来，有的主张把他押到京城杀了，以震天下；有的主张把他长期监禁浙江；也有的主张尽量优待，以招降纳叛。最后还是刑部裁决说："不如杀之。"

农历九月初七，一大早，今日杭州的官巷口，也就是当年的江口刑场，出现了一片白帽素缟的人群。他们携带着糕点水酒、香烛黄纸，专程来送张苍水就义。

四十四岁的张苍水是乘坐着竹轿来到刑场的。他镣铐叮当，高颧骨，长髯须，目光炯炯，拱手拜别父老乡亲。午时三刻，行刑的时刻到了，张苍水站着，高声地朗诵了他的绝命词："我年适五九，偏逢九月七。大厦已不支，成仁万事毕。"

然后，他喝下诀别酒，面向北方挺立，最后望了一眼杭城起伏的山河，坦然道来："好山色！"

从慷慨激昂到柔美陶醉，死得如此有气节、有豪情、有性格、有人性，又是何等的从容不迫！与岳飞死前"天日昭昭"形成怎样相同而又不同的千古风采！

与张苍水同时殉难的还有罗子木、杨冠玉以及舟人。杨冠玉还是个一脸稚气的十五岁少年，却高呼："公爷我跟您来了！我亦不跪，学我公爷的勇气！"

而在此三天以前，张苍水的妻儿已被杀害。

张苍水死后，遗体曾悬挂街头示众。据说是他的故交黄宗羲及他的亲友买回首级，收其遗骨，将棺木暂厝宝石山。后得人资助，葬在南屏山下。有个叫胡克木的人送一端砚，刻张煌言等数人的名字，埋入墓中，以做记号。当时又不敢公开，便称之为王先生墓。这才叫"青山有幸埋忠骨"呢！张苍水赞叹"好山色"时，有无埋其骨于好山色之中的意愿呢？其墓与岳飞、于谦遥望，终于实现他"惭将赤手分三席，敢为丹心借一枝"的夙愿了。

从1664年到1776年，一百多年过去了，民族英雄张苍水却一天也没有被人们忘却过。连统治者也不敢再小觑这种深刻的民族感情了。乾隆四十一年（1776），清廷已稳，便褒谥张苍水为"忠烈"。这之后的二百年间，张苍水墓被修了八次。1993年，又修了张苍水先生祠，与墓合一。祠内有碑、像、匾、画、楹联，又有几门明代铁炮，以衬气氛。三米高的张苍水塑像，葛衣方巾，扶石而坐，上挂名家所书大匾，曰"好山色"，曰"忠烈千秋"，曰"碧血支天"。又有八幅壁画，刻画张苍水的一生。

我求学时，高树悲风、荒草没膝的张苍水墓已消失了，这里成了爱国主义教育基地。他的墓地旁，就是花团锦簇的太子湾。听说太子湾本是宋代一位皇太子的墓葬之处，但还有谁知道那个太子何许人也！再细细想，倘若南山一带，只有太子湾的鲜花与花港公园的金鱼，那西湖还是今天人们心目中的西湖吗？

驻足伫立，再眺西湖，方知什么才是英雄的那一声赞叹——好山色！此三字若非字字千钧，怎么会成为烈士的遗言呢？

茶禅一味

从一颗平常心出发，

茶是最贴近日常生活的象征物吧。

复活之草

　　20世纪50年代初的一个深秋季节的日子，苏联女诗人阿赫玛托娃应著名汉学家费德林之约，共同翻译中国诗人屈原的《离骚》。费德林费了一番周折，总算弄到一壶编辑部女同事用电热棒烧开的水，然后，将他手提包里随身带着的中国龙井茶沏出一杯，郑重地端到阿赫玛托娃面前。

　　"在国家出版社里居然能喝到热茶，真是奇迹。"阿赫玛托娃轻声说。她身上是一件年久褪色的旧上衣，一副破旧的编织手套磨损处露出了手指头，她就用这双高贵的手捧起龙井茶。

　　片刻，没有喝尽的杯子里，茶叶已沉到杯底。刚才还蜷缩着的干叶，舒展开来，闪出嫩绿色。

"请您注意一下茶杯的奇观！"费德林对阿赫玛托娃说。

"的确，真是怪事……怎么会有这样的变化呢？"

费德林从茶叶筒里拿出干茶叶，阿赫玛托娃吃了一惊，然后，她说："的确，在中国的土壤上，在充足的阳光下培植出来的茶叶，甚至到了冰天雪地的莫斯科也能复活，重新散发出清香的味道。"

只有阿赫玛托娃这样的心灵，才会在第一次见到和品尝中国茶的瞬间，深刻地感受茶的生命。从春意盎然的枝头采下，最新鲜的绿叶立刻经受烈火的无情考验，它们失去舒展的身体和媚人的姿态，被封藏于深宫。这一切，都是为了某一天，当它们投入沸腾的生活时的"复活"。茶，是世间万物的复活之草！

三国、魏晋之后，元、明之前的茶，和今天的咖啡、可可在制作工艺上的相通之处就是，基本都是捣碎成粉末状，用水煮泡喝的，只是茶事先还要做成茶饼罢了。到了宋代，这种茶饼的制作精美至极，但经过登峰造极之后，终于走向反面。请各位想想，做茶饼要把茶汁榨尽取其白，放入龙脑、麝药取其香，印以龙飞凤舞取其美，献之与皇亲国戚取其贵……难道不正是茶之生命的真正消亡？朱元璋称帝后罢进团茶，改进散茶，固然有很多原因，但茶在千万年的生命进程中对自身品质的体现，对自身的美的强烈展示，不能不说是重要原因。

我们喝酒，喝各类果汁饮料，往往难以在视觉中喝回它们的本来面目。它们被打碎了，被重新组装了，这一点颇像我们今天这个时代的某些精神。当我们喝茶的时候，尤其是喝绿茶的时候，却喝出了它的本来形态，茶体现出纯粹的古典之美，我们便喝成了茶的"寻根派"，茶便成了一叶载着永恒的绝对精神的小舟。

等待复活的生命，既是最万死不辞的勇敢的生命，也是最敏感的最容易被伤害的生命。几乎没有哪一种饮料比茶在封存时更讲究了。茶性易染，所以它不能和任何别的有气息的东西放在一起；茶怕光线，所以必须全封闭；茶怕潮湿，受潮的茶犹如过早嫁人的童养媳，永远失去了青春焕发的那一天；茶可冷冻，在干燥的冬眠状态下，它会像睡美人一般长久等待，直到因王子的一吻而苏醒。因此，这封闭的茶也使我想起被放逐的屈原、被迫害冷落的阿赫玛托娃，想起每个时代都有的那些宁愿沉默的灵魂。无论是被他人封存还是自我封存，有一天重见天日，他们"复活"的都依旧是质朴的生命。

然而，如果永远也没有重见天日的那一天，就好比精美的茶永远封存在谁也不知道的暗处呢？茶说：那就封存吧，封存难道不是另一种形式的复活吗？

浅是茶

　　浅茶满酒，说的是意境，并非茶非得浅而酒非得满。只是这样说的人多了，大家便也就约定俗成：说斟茶了，便道浅，浅浅；说斟酒了，便道满，满满。

　　茶要浅，有个道理，叫十分的茶水容量，斟满七分，留得三分人情在。至于酒要满，我非酒中人，不知其所以然，或许是因为酒乃阳刚之物，要的便是那种精神的张狂、个性的张扬和动作的夸张吧。

　　想那开元盛世，酒仙李白，"花间一壶酒，独酌无相亲。举杯邀明月，对影成三人"的缥缈月景，比之茶圣陆羽品茶的不可捉摸，就可以形容得多了。可见满酒是有形可以讲的，有状可以绘的；浅茶，却多半是只可意会不可言传的，是眼前有景道不得的。

　　陆羽品茶时想必应该是很静的吧，尽管关于品茶，陆羽陈述了许多思想与操作方法，但他的精神依然是十分简约与克制的。作为茶圣，他在《茶经》中曾经严肃地提出了关于浅茶的理论。这里的浅，圣人是把它作为一种程度和分寸而提出来的，是一种精练和稀罕的贵重美吧。

　　今天的人们，当然是要从本质上去理解茶圣的浅茶精神，才不至于发生歧义。浅，作为一种审美的状态，大致对应的是东方文化中的简约、含蓄、克制、象征、自律……是少少许胜多多许，是以一当百，是雄辩为银后的沉默为金，是寡言的重任在肩的中年男子，是内心世界丰富的吟诗的年轻女人，是饱经人世沧桑一切尽在不言中的宽容的老人，也是天真烂漫的少年童子。

　　浅是不包括节日在内的每一个平常的日子，是白头到老的发妻，是年复一年的日常工作，是不想当元帅的士兵，是春天、夏天、秋天和冬天，是早晨、中午、傍晚和深夜，是少年、青年、中年和老年，是从出生到死亡的岁月。

　　浅是唐代的七言律诗，是齐白石的国画，是张岱的《西湖梦寻》式的小品文，是宜兴的紫砂壶，是毛泽东《沁园春》中的鱼翔浅底的清水和苍鹰飞去的秋空，是前朝某一位诗人的只有一句的诗行，是汪曾祺小说中不动声色的细细碎去的心，是艾略特对生命的一声近乎无的唏嘘，是我的渐远渐逝的梦中情人……

浅不是浅，浅是相濡以沫，也是相忘于江湖。有时我们相对无言，那是因为浅太深了。浅使人沉重到无法承受，犹如李清照载不动许多愁的舴艋舟了。

浅还意味着一种命运的境况——有时候我们擦肩而过，并不是我们不想厮守终生；有时候我们扬长而去，并不是我们不想回眸凝视；有时候我们人淡如菊，并不是我们心中没有浓情蜜意。是太多的深使我们浅了，浅便成了我们生活的勇气和本领，渗入我们的言行举止，使我们能够承受本来唯恐难以承受，但是又必须去承受的经历了。

因此，对不起，我的亲爱的朋友，如果我看上去对您惘然，我并非是惘然而无所失的——我正是那一杯浅茶——很久以前，它不是曾经由我递到您的手中了吗……

茶　忆

江浙一带，家家有茶，我家亦如此。

辛弃疾有句词——"少年不识愁滋味"，于我则换个"茶"字——少年不识茶滋味，倒也不失之妥帖。

很长一段时间，分不出茶之品味高低。记得某次朋友郑重其事给我一小包龙井茶。时值盛夏，我立刻抓了一大把，扔到紫砂大筒壶里，泡凉茶喝。隔日朋友再来，看着那一大壶凉茶发呆，摇摇头，两声长叹，没说啥。如今我开始懂点茶文化什么的了，突然就为几年前的龙井茶心疼得不行，朋友的两声叹气也仿佛越来越沉重。不会品茶，对女性来说，是否意味着不够有情趣，不够优雅，生活缺乏艺术呢？

虽然如此，对茶却是不陌生的。

从前，每年春至，母亲就开始给生活在茶区的亲戚捎信，请他们代我家买茶。一般的三四元一斤，好一点的十多元一斤，每次总要买二十斤左右，一律用黄表纸裹里，粗草纸包外，方方正正，一包包地放在桌上。然后，母亲就开始指点，这包给谁，那包给谁，再拿纸笔一一记下，仿佛分茶是一种巨大的心灵幸福。我常站在旁边，看着母亲心满意足的样子。那大都是在春天的夜晚，新茶在橙黄的灯光下，在母亲的手指中发出干燥而细微之声。

这种大手大脚赠茶的权力于我却是无缘了。如今的龙井茶，好一些的一斤总要千元以上，母亲已经多年不曾再把茶叶一包包摊开，买不起，也送不起了。我虽然遗传了母亲的好赠让之心，亦只能大大地缩小比例，偶得好茶，东撮一点，西撮一点，放进信封充其一角，便以千里送鸿毛的情义郑重递于亲朋好友，亲朋好友亦必郑重接过藏于幽暗处。唉，那春夜新茶配橙黄色的灯光的日子，一去不复返了。

母亲好赠茶，自己却鲜有闲心品茗。父亲倒还有点时间品饮，可惜品的是酒却非茶。但家中龙井茶依然长年不断，且只此一家别无分店。这样久而久之，我便只认得一种茶，那就是龙井茶了。

多年前，有同学从湖州来，极其慷慨地赠了我一斤茶，好像是什么笋，当时不知茶和"笋"字关系密切，甚至不知陆羽的《茶经》。今天想来，可能就是顾渚紫笋。这种茶泡起来汤色比龙井黄，形状又比龙井大，沉甸甸的，犹如水中兰花，载沉载浮，重重叠叠，把我着实迷惑住了，不知该拿它怎么办。况且又竟然长了毛，是发霉了还是本来就有？我取来到天光下细细研究。同办公室的几位亦凑过脑袋，都是年轻人，都是茶盲，有的说发霉，有的说长毛。我不敢再喝了，锁在抽屉里。此茶下落如何连我自己也忘了，只有一点可以肯定，茶是好茶，叫我给糟蹋了。

江浙人品茶，人文因素太强，口味又太玄妙，仿佛人不到成熟之时，便品不出茶之性情。"寒夜客来茶当酒，竹炉汤沸火初红"，那种意境是中年以上才能体会的。记得我十八九岁时，有个童年伙伴在花家山宾馆工作，教我一种喝茶法，龙井茶加白糖冲泡之。我很喜欢这样喝，后来自己试验，加红糖、蜂蜜、水果糖，搞得茶将不茶。再后来咖啡登场，味道好极了，茶就干脆变得可有可无。直到上了三十岁，咖啡瘾才退了下去，并且才意识到，实际上不管咖啡、美酒、香茗，自己根本就是没有一样摸得着头脑的，于是一切从茶开始。

有一段时间，舌上、嘴角常起泡，懂行的人便说是肝火盛之故，需喝白菊花茶或金银花茶。我取来试，杭菊加龙井，白绿相间，香气扑鼻，有种说不出来的好喝，便上了瘾。不料又有懂行的人打开茶杯一看，连声叫"可惜"，原来是花与茶相互串了味。虽如此，因为实在好喝，就顾不上什么串味不串味了。友人见我喜欢，定时赠我菊花，久之，茶味倒没有品出多少，菊味却很能够评价良次。一日，又见窗外有茉莉花含苞欲放，顺手摘了几朵泡进茶里，淡淡的香，以为又是自己的发明创造。孰料后来识得老茶人，告诉我这实在并不新鲜。旧时茶号茶馆亦有卖茶搭卖鲜花的，想那鲜红翘然的玫瑰浸入滚烫的茶水，几开以后花瓣煞白委顿，茶水却鲜亮泛红。又想那一手执鲜花一手执茶杯将浸未浸的前人于窗前沉思，那是何等的优雅动人，何等的妙不可言。

可见在饮茶上，前人玩的花样不知要超出我们今人多少。比如有一种红枣茶，是用湿漉漉的红枣拌茶，使枣味渗入茶中，二日再挑出红枣，将茶重新炒制。此茶吸鸦片者特别爱喝，说是因为有一种特殊的甜味。初闻有此茶，跃跃然，后来一想自己不曾抽鸦片，当无法领略其中之味，遂罢。不久又识得一种茶，是日本人送的，实在就是爆米花掺茶，取来一试，不怎么样，便不试了。近日又听说一种喝法，是松江农家敬客茶，春来客至，前院取茶，后院取笋，共煮之。不知啥味，便有些神往。品茶的过程，实在也就是做人的过程。这茶，也就是这样地喝定了。

我父亲后来得了重病，这病如此之重，以至于竟然到了不能饮酒的程度。从前父亲也生病住院，不过照样打通女儿的关节，偷偷带了酒去倒在药瓶里混充药水喝。现在不行了，只能喝点茶，且喝茶也无力了，便躺着靠人喂。床头便多了一只紫砂壶，原来是当工艺品摆设的，现在派上了用场，这样喝茶时不会漏到被褥上。再后来，茶壶也不需要了，因为用它的亲人永远离开了我们。茶壶现在放在我的客厅里，我走来走去，常看到，但从来不去惊动。

听　茶

在有些夜晚，当然是极深的那些夜晚，它的深是可以被无边的黑吞没，它的深又吸尽了世间一切的声音的时候，我总也有在灯下独坐的那一刻的。想到应该去睡了，但又意犹未尽，坐着，享受这大黑暗。无意间，便取过来青花杯与水。

水是刚煮开的，仿佛专门提醒我关于春茶的消息，又随意地取过那茶盒。打开时，我便知道茶是别来无恙的了。它们散发出温馨的米黄色，和台灯作一心照不宣的微笑。那样一种泰然处之的气质，使我恍然起来。我想，这是我所认识的哪一个人，我所看过的哪一本书中曾经给予我的久违的泰然呢？

这样安静，静到耳边发出了嗡嗡的声音。我倒了一杯水。水汽在逼人的黑暗之中缭绕盘旋，潇洒，正如蓝色的玉树的临风。

然后，就是无意地往那些袅娜之中投入茶了，也就是那么随意一抛撒的工夫——等一等，你听到了什么？

声音是极细极细的，近乎无声，噼噼啪啪，你要伏下身去，你要贴在你的青花杯旁，你不敢相信自己的耳朵，你也不敢相信自己的眼睛——就是这样，你看见茶们激动了，它们躺在沸烫的水面上，它们刚才还静如处子呢。它们的颤抖，因为自然和大气而丝毫不失张狂；它们细微无比的声音，显得很有内力——那是因了它们的克制，还是因了它们的性情呢？

你一定得知道，它们声音的细小，是绝对不能理解成它们生命的微弱的。当它们发出这样的近乎呻吟的声音时，它们正在与命运遭遇，它们沉浮其间，欢乐痛苦于其间，并且还忍受于其间。它们正在不动声色地生活，在无人喝彩时歌吟着。它们的声音，是爆发与消融的声音。

茶的声音，对今天的人们而言，想必可以说是一种接近于消亡的声音了。然而，在那远去的前代，却是一种生活之声，是一种昭示着精神与美的象征。

我却是在世俗精神的万丈红尘中诞生的一代之中的一

个，这也便是我过去从未听到过茶的声音的缘故。一个偶然的机会，我听到了异国的声音。

15世纪末，相当于中国明代的日本室町时代，第八代将军足利义政隐居于京都的东山，代表日本中世纪文化的东山文化，由此拉开了序幕。一个秋日的深夜，将军义政，眺望秋空，聆听虫鸣，不禁伤感，对他的文化侍从能阿弥说：世上的故事我都听过了，自古以来的雅事我也都试过了，我这衰老的身体也不可能去雪山打猎。那么，请问能阿弥，在这个世上，还有什么有意思的事情可做吗？

能阿弥说：从茶炉发出的响声去想象松鸣，再摆弄茶具来点茶，实在是一件有意思的事情啊！

我被这句话迷惑住了。我想，难道从一只茶炉的声响中，还可以听出松涛的声音吗？日本毕竟是一个小小的岛国啊，也就只能在以小见大之中，感受那自然的美丽了。

到天涯海角的儋州去，原是为了在东坡书院见那个潇洒的苏东坡，那个写下"大江东去，浪淘尽，千古风流人物"的苏东坡。在那里重读了东坡先生的诗，却读出了另一个孤独苦寂的苏东坡来。《汲江煎茶》，曾经被我们茶人多少次拿来作为经验茶学的范本，我们只是在那里面读出高雅闲适，又何曾读出过一个谪居万里蛮荒之地的衰老身心的极度痛苦中的极度节制呢？

> 活水还须活火烹，自临钓石取深清。
> 大瓢贮月归春瓮，小杓分江入夜瓶。
> 雪乳已翻煎处脚，松风忽作泻时声。
> 枯肠未易禁三碗，坐听荒城长短更。

原来，苏东坡完全不是闲着没事干才想出要听一听茶雨发出的松风之声的。只是在那样的绝境之中，除了听得到这样的茶雨之声，又有谁来慰藉他这愁苦悲凉的灵魂呢？仅仅一年之后，苏东坡就死在了谪居后归来的途中。

因此，对那些灵魂备受苦难，抑或精神备尝艰辛的人们，茶，这人类最亲近的草木，便不可能不发出同情的声音。这是大自然为我们派来的使者向我们的歌吟。但是它对你绝无要求，它唯一的希望，是你能够静下心来，在某个夜晚听到它的歌声……

香草爱情

　　茶者，南方之嘉木。嘉，美好也。美好的东西是造物主用来予人欣赏的。由是古往今来，迁客骚人，多会于茶，咏之、歌之、诗之，使其形而上，幻化为绿色精神。欣赏茶，便是欣赏高人的情操了。

　　我对茶的赏识，怕是有些东西方相汇，怕是受了西方文化中狂欢精神的感染。总之，我的爱茶，的确是有些侧重感官的。

　　目视着茶，看小小的薄薄的它躺在杯底，舒展则如落落君子，蜷缩则如山中隐士，弯曲则如新月一钩，八叉则如阔斧大刀。古时品茶向有欣赏干茶这一道程序，如今省了。不该省，须看它、嗅它才好。比如婴儿出生时若不探究端详，十八年之后对妙龄男女的欣慰又从何而来？

冲泡绿茶的过程是感受情爱的过程。从来佳茗似佳人，佳人在杯中旋转、沉浮，若即若离，若歌若舞，含苞欲放，绿袖缭绕，那才叫"女为悦己者容"呢。

同样是女人，亦有不同品味：碧螺春是水乡处子，西湖龙井则是大家闺秀，祁门香如同西洋女子，乌龙茶则如同武林巾帼。好茶亦具有阳刚之气的：粗粗大大的砖茶，像个沉默的相扑手；圆圆硬硬的珠茶，展开时如宝剑出鞘，金石硝气冲天；开化龙顶，则如山中老衲，阿弥陀佛，前世修来的好茶，冲泡下去，一派原始森林古木参天的郁郁葱葱。

我常常是久久地凝视着这被冲泡开的茶，怀着青春一去不复返的无可名状的心情，眼看着这从处子成为少妇的过程。我看着她震惊、激动、升腾，她无声地战栗，呻吟后恢复优雅的恬静。她成熟了，有所感悟，她也知道生命中不可承受之轻；她慢慢降落，终于沉积于生活深处；她一动不动，等待被索取，然后又一道天外的力量袭来，她又升腾了，宛如初恋后再次狂热的爱情。

初春的早晨，我路过郊外的一片茶园。茶蓬盖在薄雾之下，犹如老僧入定，丝毫不动。叶子湿漉漉的，老叶闪着铁色，嫩芽风采可人。倏地，我被脚后的一声鸟啼惊住脚步，我转过身，什么也没有，只有一株圆融的茶蓬梢头在微微地颤抖。我惊喜，蹲下，我要等待那藏在茶蓬深处的鸟儿婉转。我等待，生活却沉默了。久久之后，我重新站起，走上我潮湿的老路，走远了……突然，又一声迷人的蛊惑人心的啼歌。我于刹那间回转——什么也没有，只有一片茶园，茶园中那梢头的微乎其微的颤抖。

那是一株茶的心的呼唤，那是一株茶的灵魂的吟唱，那是一株茶的爱情——我要不要回去呢？

美女与茶

美女与茶，听上去像是从好莱坞动画片《美女与野兽》借鉴而来，浅显易懂，时尚而不那么有"中国风"。然而，"美女与茶"实际上是苏东坡"从来佳茗似佳人"的白话版。一百多年前，杭州西湖南山路涌金门外有一座茶馆，名唤藕香居，门前一副对联，择的正是苏太守的两句诗："欲把西湖比西子，从来佳茗似佳人。"苏东坡茶诗甚佳，其中关于美女与茶的意境，千古第一。

佳茗佳人，实乃绝配，挂在藕香居门前，却有微言大义。我还是读杭州人鸳鸯蝴蝶派主打手天虚我生的掌故，方知那藕香居茶楼原来是比丘尼们开的。此联的性感，恰是为了戏谑那女尼们的禁欲。

其实出家的女人们事茶，并没有什么稀罕。从涌金门藕香居的原址隔湖对望，西湖北山葛岭有抱朴道院，从前我常去那里品茶，就坐在传说李慧娘闹鬼的红梅阁旁。时有道姑出来端茶送水，青衣皂袜，云髻高束，席间鸟笼高挂，琳琅满目，莺歌燕舞。遥想当年，贾似道妾李慧娘在此奉茶，见山下湖边一书生飘然而过，不免茶壮人胆，赞叹一声："美哉少年！"不料竟遭横死！冤魂不灭，遂在这红梅阁前夜夜闹鬼。这样的凄美往事，须坐湖山之间，独饮独品。就着香茗独思，方知佳茗须品，佳人须读，茶是深情的古典美人。

　　原来茶亦醉人，此时半张醒眼，瞭望红尘，一时兴起，面对湖山，想应着那美丽的复仇女神长吟一声："美哉少年！"遂又旧梦乍醒：呀，那个为我飘然而过于湖边的书生少年，你在哪里……

　　同样是茶，从前那些欧洲女人则是拿来做了道具，以此来阅读男人。欧洲人的喝茶习气，原本就是由女人们引领的。17世纪中叶，葡萄牙公主凯瑟琳嫁给了英王，成为著名的饮茶王后。她从她的祖国带来了一种神秘的饮品——中国茶，从此，茶在沙龙盛行，喝下午茶成为贵夫人们进行社交活动的重要内容。

维多利亚女王时代，年轻女士们想要把自己嫁出去，是一件颇有技术含量的人生大事。她们使用茶艺的手段，就如绣房里的中国小姐使用团扇的心机。要接触男人，最佳的时机莫过于饮茶时间，那时候，接待男士们才显得顺理成章，因为规矩森严的英国中产阶级家庭中，小姐们即便行至客厅，也不能搔首弄姿，有失分寸。奥斯丁的小说中就有不少关于茶的社交场景。

然而女人们说到底是多么懂男人啊，英国女人的爱美之心实在是到了惊心动魄的地步，使出的招数是我们茶叶故国的女人打死也想不出来的。她们竟然用稀释了的砒霜浸泡手，以此让手白而又白，白得让男人一看到这双如白蝴蝶上下翻飞于茶具间的手，呼吸立刻停止，不当场求婚就不回家。在我听说砒霜竟然有此神效之前，我一直以为砒霜仅仅是被坏女人用来谋杀亲夫的呢。

而英国男人们也会更多地从异性美的角度来亲近茶，作家考利·西伯尔说："茶啊！你这使人柔软、清醒、睿智、可敬的饮品，滚动了女人们的舌头，轻柔的微笑，敞开心胸，沉淀过滤了兴奋；当你的味道从灿烂进入无味之时，却是我生命中最为喜悦的时刻。"

我可以把以上这段话视为苏东坡"从来佳茗似佳人"的洋人版。

大约十多年前，我参加了一次茶艺小姐评选的活动，评委会主任本人就是一位资深美人。由她主持的这次评选活动高贵而神圣，女孩子们上场时一个个又激动又紧张，加上一口计时之钟嘀嗒嘀嗒响在耳边，使人联想起定时炸弹，竟然有好几个女孩子吓得连茶叶都入不了茶杯，撒了一地，还有人干脆就吓出了眼泪。正是在那次评选中，我们发现了一名茶艺女子，我无法用任何语言来评价她是如何与茶共舞的。我只能说，当她展示的时候，我们停止了呼吸；当她停止的时候，我们流出了热泪。

　　我从来没有想到，沏茶能让人进入如此出神入化的境界，原来人的美与茶的美，竟然能够如此天衣无缝地结合在一起。正是在那一次"美女与茶"的经历中，我体验到了什么才是"从来佳茗似佳人"。

　　那个江南美人，现在还在杭州，还在事茶，那是真人不露相的佳人啊……

好大三棵树

　　从前，到我所工作的地方，是要经过一片茶园的。走过那里，恍若在绿浪间游泳。茶叶亮晶晶的，矮矮地缀满了我的腰部，我伸出手去，便采到了茶上的珍珠。

　　很久以后才知道，与我日夜相处的，只是茶的一种。如果我们一定要用茶的身材来评价一株茶树的话，那么，我也只好公正而又无可奈何地称我眼皮子底下的这些茶树为茶之侏儒了。

　　我之所以这样来叙述一件事物，自然是有着其中的道理的。从现在开始，往西南走，往西南，一直走入那丛林，走入茶圣陆羽所说的"阳崖阴林"之中，而茶的身躯，也正在随着故乡的接近而越长越威风，她向着那高高的蓝天伸展开去，像童话中那些摇身一变的神怪。

如果我指着她们说，这就是茶，你们是要惊异得大大地张开嘴巴的。你们会想，这怎么可能呢？这些仰起了头看时帽子就要掉在地上的巨无霸，难道就是在我们江南的小桥流水旁默默无闻地蹲着的那些绿色美人吗？

然后你将知道，茶在丛林之中，是要以男性的"他"来称呼的。

我知道，在那遥远的地方，有着三棵古老的大茶树，在许多人的心里，他们是全世界所有茶叶的祖先。其实，茶的祖先比他们更古老，我们倒不妨把他们当作远古祖先派来的使者吧。

他们从丛林深处走来，风雨兼程，沧桑扑面，千辛万苦，带来了祖先的消息，他们便也由此而烙上了光荣的印记。又因为他们的光荣，他们成了特殊材料制成的茶树，享有非凡声誉的茶树。

云南省勐海县的南糯山，有一株八百多岁的古茶树，还是人工栽培的，人称"茶树王"。不知道是居住在这里的哪一位先人在遥远的古代亲手种下的。我们只知道，生活在南糯山的哈尼族人，种茶的历史，已有五十五代之久了。

当年，我在中国茶叶博物馆工作时，一进入那绿色世界，扑面而来的，便是这株茶树王的大照片。他长得一派原始森林般的郁郁葱葱，从画面上看，实在是大气得很，深刻得很呢。有谁能与这样古老的茶树进行精神较量呢？门外那些茶蓬，与之一比，可就世俗得多了，可就浅显得多了，可就平凡得多了。

而我们的这株茶树王，怎么说，他都是孤傲于世的啊。他是这样不食人间烟火，对人间的宠辱又是这样两两相忘，以至于人们被他的这种精神折服了。他越淡泊明志，人们就越向往他。您瞧，扶桑之国的人们，不远万里地来寻根了。这个岛国的人们，的确是热衷于寻根的。他们发现，茶道的本源，竟在遥远中国的潮湿的森林之中。他们披荆斩棘来到这里之后，这株古茶树就因为人们的朝拜而开始走红。他几乎在很短的时间内就成了茶树界的明星。我敢说，这真的不会是这株古茶树的本意。然而，人类仿佛天生有着这样一种崇拜欲，哪怕崇拜一棵树。就这样一传十、十传百，来看他的人越来越多。于是，世界银行和当地政府毫不犹豫地掏腰包，共同修筑了一条八百二十四米长的台阶路。

对渴望这株树名扬四海的人，这肯定是一种良性循环，可是对我们这株八百多岁的茶树老寿星而言，这可实在是一件受折磨的事情。岁月不饶人哪，他毕竟已经八百多岁了。不知什么原因，总之他是生病了。茶叶专家们便写了很多的论文来讨论他的病，中国和外国的专家们还为他会诊了好几次。我们的古茶树，便俨然成了茶叶圈子里德高望重的有过巨大贡献的"老干部"。

我是一直渴望见到这株古茶树的，但带回来的录像带却告诉我，茶树王老了，就在我的朋友们专程前去看他的前三天，他轰然倒下。我见了他躺在地上的样子，心中实在是伤感，想象他的永逝是与人有关的。老茶树既然见了人，便是不免地要有一些礼节，人们拥抱他的事情也是时常发生，也可能还要带些什么作为纪念，哪怕一片叶子也好，却不知那每一片的叶子，都是我们老祖宗的头发梢啊。天长地久，过多的关注，反使茶树王枯萎了。

主干倒了，但枝干却又长得欣欣向荣。尤其让人感动的是，新枝干上，竟然又长出了一朵茶树花。这孤孤单单的一朵花，报告的，究竟是怎么样的生命的消息呢？泰然自若地生在枝头，也是一派宠辱不惊的大气。南糯山的八百多岁的老茶树，您安息吧，因为您已后继有人了。

我现在已经知道更古老的古茶树了。如果说，八百多岁的古茶树还是人工栽培的话，我现在所知道的这棵勐海县巴达大黑山的老茶树，可是正儿八经野生的。算起来，他从三国时期就开始生长，已有一千七百多岁，也实在可以说是年长南糯山茶树王好几辈的爷爷了。

我的朋友们告诉我，在云南，这样的大茶树，还有许多株呢。如果说，人活百岁是人之瑞的话，那茶树活千岁，称为茶之瑞，也是不为过的吧。我曾经在照片中看到过这株古茶树的风姿，1962年，人们刚刚发现他的时候，他完全可以说是一株参天大树呢。也可能是他长得实在是太高的缘故吧，应了中国人"树大招风"的古训，被狂风给吹折了一半，后来，只有十五米高了。但是，矗立在那里，也起码有三四层楼这么高吧。过去，当地人是常要爬到他的身上去砍伐的。茶圣陆羽曾说："其巴山峡川，有两人合抱者，伐而掇之……"茶圣说的是巴山峡川，其实，云南的亚热带大森林里，这些伐而掇之的茶树从前也比比皆是。边民们腰里插着砍刀，爬上这高高的大茶树，把枝叶砍将下来，然后用手把叶子将下来，制成可供品饮的茶叶。从前的这棵大黑山古茶树，想必年年岁岁，过的也是这样的日子吧。如今可不同了，这样的茶树，不仅是国宝级的茶树，还是全人类的宝贝，从那上面掉一片叶子，我们的茶人都要心疼的呢。

　　2013年伊始，网上发来一则图片新闻，我们这株茶祖宗爷爷终于寿终正寝了。是喜丧啊，乡亲们抬着已经轰然躺下的茶祖宗，要把他送到供人瞻仰的陵寝中去呢。

　　我知道云南邦崴还有一株大茶树，还是那年在法门寺参加国际茶文化会议时，一个名叫黄桂枢的茶人告诉我的。他是当年的云南省思茅地区文管所的所长。一个偶然的机会，他知道了有人在澜沧拉祜族自治县的邦崴发现了一株过渡型古茶树。这株大茶树，把地球上的茶树从野生到栽培之间的这一环节衔接了起来，一时间轰动了茶学界。因此，这株茶树，便与南糯茶王、巴达茶王相提并论，成为世界三大古茶树之一。

我们人类，往往容易忽略那些具备过渡状态的东西，这和我们在审美上总是渴望纯粹、渴望完整也许是有着关系的。然而我们若肯细想，便会明白，世界是靠过渡而绵延的。当这种过渡呈激烈状态时，我们称它为革命；当这种过渡呈平缓状态时，我们称它为改良。第一个吃螃蟹的人，是否可以称之为饮食上的一位革命者呢？当然，茶树看上去温文尔雅，没有螃蟹的张牙舞爪，但把茶树从野生发展为人工栽培，最起码也是茶叶文明史上的一种划时代的革命吧。

邦崴老茶树，是迄今为止发现的世界上最早的过渡型老茶树。它是澜沧古代先民濮人，也就是布朗族的先民对古茶树进行栽培的产物。从前，当我想到世界上有一个布朗族时，除了知道他们是我国五十六个民族之一外，不知道其他。但是现在，我永远也不会忘记他们了。当我的青花杯里漂浮着茶的绿色之时，我常会怀念远方的大茶树。而当我想起远方的大茶树时，我怎么可能不想起那些最早种下他们的先人呢？

　　梦中的大茶树，我会有机会去看你们吗？我只要一闭上眼睛，就会感觉到，你们长在很远很远的地方，长在地平线的那一边，你们又高大又孤独，又亲切又出世。你们好像在问我：就这样，永远在梦中相见吗？

一盏茶容你停息的刹那

还不曾见过一只手端一杯热茶饮用，两条腿又迈开大步前行的人。如果你确实是想品茶而不是单为解渴，你不会手握一瓶茶饮料，边走边喝，你首先必须消停下来，不管是坐在客厅，坐在茶馆，还是坐在路旁。你必须让自己的身躯进入外在的某种静止状态——品茶是一种内在的精神活动，活动的开始起于双腿的静止。

如果一个人对另一个人打招呼：来，喝杯茶吧。那么，他或者是她其实是说：来，到我这里来静静坐一会儿吧。

这是一种善意的召唤。从前，日本的武士茶让战场上的对手相聚，进入露院，先把那长刀卸下，膝行入茶室，两两相对而跪坐，其中唯茶矣。此时杀声渐远，茶心泛起，喧嚣的战场隐下，暂且不表，宁静的生活来临，双目显善。昨日杀红了眼的豺狼英雄，在那片刻的茶饮之中，人性复归，顿生浮屠之愿。放下屠刀立地成佛的忏意，在茶中浮现，这，或许也不是不可能的吧。

日本幕府时代有一种茶室很小，四叠半"榻榻米"，九至十平方米，竹木芦草编成，设床间、客、点前、炉踏等区域，置壁龛、地炉和各式木窗，布"水屋"供备煮水、沏茶、品茶器具，床间挂名人字画，悬竹制花瓶，瓶中插花，四季不同。武士卸刀入内坐下，身体间的距离，也就是数杯茶的间隔。环境逼迫他们几乎触膝而对。肉体静止，如此近距离地相视，是大有深意的。人们以为灵魂在此近距离中将推心置腹，人人为他人的美好境界在饮茶中得以达至。品茶在此时至关重要，如果人们不曾触膝对坐，或许他们就不会领悟，佛心是在莲花宝座上得以昭示的，人心是在茶座间趋于和平的。

这确实是有道理的——我们需要停息片刻，复习和平，复习善，我们需要通过一盏茶让自己坐下来。因为我们一旦坐下，心急火燎的身姿便被另一种断然的止息截住。况且品饮的速度要诀是慢而不是快。一口就可以喝完的东西，现在假定需要三口喝完，时间就因此拉长为三倍，"品"字三张口，大约也是这样的意思吧，缓缓地滋润心灵，也就是缓缓地滋润人生。

是的，你知道你自己生活得太快了。你一边跑一边想，天哪，有什么办法能够让我静下来，让我停下来，我得在路边坐一会儿，不坐不行了，我快垮了……你一边焦虑不安地自言自语，一边马不停蹄地冲刺——然后你眼睛一亮，你发现一盏热茶——这正是一盏茶容你停息的刹那……

许多时候，你得让你的生命处于一种静态，就像文章中你得用标点符号断开句子。你用茶阻拦生活的加速度，调整呼吸，梳理心态，放松肢体，恢复起初上路时的喜悦与好奇。

这便是真正的冲饮总还得从热茶开始的原因之一。即便是在大暑之天，如果正经品茶，我们还是少不了用干茶冲泡。那时我们刚刚坐下，额头汗湿，心焦体躁，我们不强迫自己迅速地冷却，而是与茶共凉。我们端起茶，茶是烫的，因此我们不得不小心翼翼。当我们的唇与茶相触的刹那，我们不是饿虎扑羊般一口狂吞，那是冰可乐和冰啤酒的饮法，是当代男女刚刚认识两小时就上床的神风突击队式的速战速决。想一想，人刚坐下，茶还烫着，你想牛饮，岂非自取其辱？沸茶会灼伤你的唇舌喉口，殃及池鱼，你本想喝口茶，结果你连饭都吃不成了。

急什么呢！慢慢地吹着、凉着，反正已经停下来了，在合适的温度下饮合适的茶，心跳也回到了与生活合拍的节奏。这过程甚至开始让你不适，你已经在加速度中激流勇进惯了，况且对面大街墙上就挂着一条标语："时间就是金钱，效率就是生命。"一看到这些警示格言你就上火着急，你恨不得立刻站起来走人。但手中之茶不让你走，她那么清亮，那么馨香，茶气袅袅，欲言又止，暗示你听其箴言：时间是什么？难道你不是生命？我不是生命？时间是什么？

唐时的高人通过品茶诠释了时间：时间是在空间里完成的，空间是在山水间完成的，山水是在品茶中完成的，品茶是在诗心中完成的。陆羽品茶，集文士品茶之大成，带茶具二十余件，后跟一童子，行走在户外，山坡、涧边、松下，停下来，席地而坐，俄顷，开始煮茶。唐时的品茶费时较多，关键在那个"煮"字；到宋时，茶是点出来的了，时间就费在那后面的斗茶之上；再后来到明时的冲泡，那时间就费在了孵茶馆上。无论唐代煮茶还是宋代点茶还是明代冲泡茶，总之，都是让人停下来，面对世界，或者反观内心。边走边唱固然也是进入世界的一种方式，但也不能由此说，停下来看生活在你面前眼花缭乱地前进就不是进入世界了。李白说"相看两不厌，只有敬亭山"，我读此诗，眼前便似乎出现一幅画：弦月高升，夜深人静，李白背对着我席地而坐，面对着敬亭山。此时，李白是坐了一天了吧，不知谪仙白日里已喝过多少盏茶，浸润得那一首小诗穿透千年时光，直到今天。

白族人喝三道茶，倒是不单单坐着，一道苦，二道甜，三道滋味中和，五味俱全。每一道都隔开，都有歌有舞有说有演，很是热闹。手不停，嘴不停，脚也不停。但就其饮茶的本质而言，依然是在沸腾的生活面前停下脚步，一盏茶一道哲理，旁观世界，琢磨人生。那年，我在洱海边饮过一次三道茶，那是一种植入旅游的三道茶，而旅游的本质，恰是从创造中暂且抽身，享受创造成果，还是一个消停的过程啊。

我曾经把从前的茶馆和现在的茶艺馆做一比较：从前的茶馆，虽然也有常客，也有人一泡一天，但总体上说，茶馆更像一个民间沙龙，人们到这里来，从他人身上获取信息，了解行情，互通有无。茶客来去匆匆，茶馆热闹非凡。

茶艺馆却是趋于安静的，现代人到此地，除了彼此商讨事务之外，很重要的就是休闲。数个好友，冲壶茶，一坐半天，东拉西扯，叙旧论新，但不到旁人桌上去交新友，听花边新闻。从前一条信息全茶馆共享的日子是一去不复返了。基本上，进入茶艺馆的人们是以个人或小团体为中心的，沙龙性质消解，驿站性质渐起，说当今的茶艺馆是人生的停靠站也未必不可以。

既然停靠了，做停靠站生意的馆主们，自然希望停靠者待的时间越长越好，时间越长，消费越多嘛，这也是为什么茶艺馆和茶馆装修理念不太一样。茶馆大堂多，包厢少，讲究的是人气，倒也未必在那些琴棋书画上下太大的功夫。要把客人留下来，首先得人多，人一多消息就多，消息一多听消息的人就多，喝茶的人自然也多。茶艺馆则要追求精美，除了茶要好之外，茶食也要多要好，装修要好，要隽永耐看，一只茶杯一只碗，一道茶食一张桌，都要精心选择，马虎不得。茶艺馆的总体环境一定要好，要有艺术上的独具匠心。茶艺茶艺，既要有茶，又要有艺，那是缺一不可的。

为什么要下那么大的功夫呢？不为别的，就为了让人多停一会儿。从前有一个搞快餐业的企业家找过我，说他要打造茶艺馆中的肯德基，这样可以少花钱多干事。其实把茶馆做成连锁店我也曾是赞成的，但出发点不是做一个模子来套。每一家茶艺馆都应该是一件艺术作品，固然可以有基本样式，但必定有文化为衬，有人的灵魂和个性渗透其间，有接近于手工业劳动的风格在此中流露。有件事情一定要弄清楚：茶艺馆其实不是喝茶的地方，而是让生命在此调养生息的地方。

以此理念事茶，茶则通矣。

茶禅一味

修心静虑，所谓"禅"也。把茶纳入禅的境界，是要把茶喝出宗教信仰来。茶之品味，高乎哉！博大精深哉！

为了让"茶禅一味"名正言顺，佛教中这方面的故事还真是不少。最著名的，同时也是最不可信的，当是"达摩眼皮说"了。此说竟然把禅宗创始人达摩的眼皮当作世界上第一株茶树的来源。说他面壁修行，睡着了，醒来后恼极，便割了眼皮。哇，掷地之处，绿叶婆娑，摘来煮尝，顿生精神。从此，茶禅便开始一味了。

其实，中国在有僧人之前就有茶了。有些喝茶的中国人在佛教传入东土的东汉时期出了家，老婆孩子不要了，美酒佳肴不要了，但茶却是不可以不要的。总结一下，据说，茶对禅有三大好处：一是打坐时提神，二是助消化，三是不想念异性。这样，茶就从俗家走进了佛门。

我猜测，在佛教盛行的唐代，人们对茶与禅的关注一度到了类似于今人喝盐卤、打鸡血、练气功的狂热程度吧。当时有个叫封演的文人上了趟东岳泰山，我的天，到处是带着茶具生火煮茶的人！原来，灵岩寺来了个降魔师，教人学禅，不让吃不让睡，只让喝茶。善男信女们可虔诚了，满山遍野地煮茶饮茶。封演写了一本书，叫《封氏闻见记》，专门记下了这事。

连世界屋脊西藏的寺庙也离不开茶。上千的喇嘛云集，都得喝茶，那煮茶的锅，大得吓死人。传说有个掌勺的僧人，失脚落下去，淹死了。

僧人喝茶，当然还有延年益寿的愿望。唐大中三年（849），有个一百二十岁的老和尚来拜见皇帝宣宗。宣宗问："您吃了什么妙药，活那么大岁数？"答："我不吃什么药，就是喜欢喝茶。外出时一天能喝百把碗，平时也起码喝四五十碗。"宣宗一听，赏了他五十斤茶，让他住在保寿寺里，接着喝。

渐渐地，茶禅的关系牢不可破了。一是佛教提倡"农禅并重"，寺院普遍种茶；二是佛门节日甚多，各类菩萨的生日成了老百姓的狂欢节，赶庙会是某种"一日游"的形式，僧人组织茶汤会，组织慈善的施茶活动，佛庙成了个大茶馆，专门配备的施茶僧，不也同时是"茶博士""店小二"吗；三是形成茶礼，当了和尚，自然多了许多规矩，喝茶也不例外。给佛祖献茶，是很讲究的。据说假如庙中有两面鼓，东北角的曰法鼓，那西北角的就是茶鼓了。茶而鼓，自然是与饮茶的某种章法有关啰。

然而，茶禅之所以一味，归根到底，是因为茶是一种被赋予了禅机的饮料。宋代有个叫圆悟克勤的禅师，手书"茶禅一味"予日本弟子，回国时船翻，装在竹筒中的字幅经辗转到了一休大师手中。据说一休以此得道，这四个字便成了镇寺之宝，至今仍收藏在日本京都大德寺里。又，赵州和尚用一句"吃茶去"对待人们的一切问题，因为禅宗的教义是无法直言的，所以只能顾左右而言他。我个人理解的"吃茶去"，大概是要打断问者的惯常思维，叫人把一切缠绕于心的人世烦恼苦难悬置起来，以空虚清明的心境去过日常生活吧。这样，你就和禅在一起了。赵州和尚之所以要说"吃茶去"，许是因为，从一颗平常心出发，茶是最贴近日常生活的象征物吧。

民间茶事

茶，作为爱情的婚姻的信物，在中国各个民族的风俗中都能看到。有首带民歌风味的诗这样写道：

> 溢江江口是奴家，
> 郎若闲时来吃茶。
> 黄土筑墙茅盖屋，
> 门前一树紫荆花。

在喝茶的时候眉目传情，是很符合中国人的审美心理的。

订婚与结婚，茶的重要性不可忽略。茶是个好东西，一年四季常青，且开花结籽，代代相传。古人认为茶籽一落地便不可移植，象征婚姻的稳定和家庭的昌盛。所以，茶在婚姻中，就担起了绿叶红花的职责。

我们看到的关于婚礼和茶的最早记载，是公元7世纪的事情。文成公主不远万里，嫁给了吐蕃赞普松赞干布。她带去了茶、陶器、纸和酒。茶叶被藏民接受，就是从那时开始的。

据说公元四五世纪时，藏人和其他民族的人交战，也曾掠回过一批茶叶，但是谁也不知道这是啥玩意儿，扔了。文成公主嫁过去后，饮茶习俗才被确立。有一次，京都使者来西藏，在帐篷中烹茶。赞普问："这是什么？"使者回答："涤烦疗渴，所谓茶也。"赞普说："哦，是茶呀，我这里有的是。"拿出一大堆来，各类名茶，如数家珍。可见，唐以来，随着和亲的举动，茶叶在西藏已广为传播了。

唐以后，茶成为婚姻的前奏曲——订婚的象征。在北方，女子出嫁时的嫁妆，通通称为"下茶"。在南方恰恰相反，男子求婚的聘礼，称为"茶定"。杭州人的风俗是男女相见后如果男方中意，男方的茶就送来了，女方接受了，婚事就定了，女子就算是"吃过茶"的人了，如果她再受聘于别家，那就是"吃两家茶"的人，要被别人看不起的。《红楼梦》里，王熙凤对林黛玉说："你既吃了我们家的茶，怎么还不给我们家做媳妇?"这是开玩笑,但开得有根据,说明在清代婚姻中流行"茶礼"。结婚时也有一番茶礼:闹新房叫"和合茶""桂花茶";拜长辈叫"拜茶""跪茶";新婚后,女方要派人"送茶",做得有始有终。

　　结婚要送礼、回礼,茶是很合适的礼品,包装得精致,简直就是艺术品了。重感情的女人们,结婚时从娘家带来一包茶,几十年都会压在箱子底下。女儿要出嫁了,取出,道一番来历,流一些幸福和感伤兼而有之的眼泪,女儿再带一包新茶,去了夫家。茶在这里象征着什么呢?象征青春和红颜,象征欢乐以及欢乐的逝去,象征生活以及生活的漫漫旅途吧。

龙井问茶遐思

想那千古龙井千古茶，前人之述备矣。故，我欲龙井问茶，意非在茶，亦非在龙井。

有友人来访，说去位于杭州双峰村的中国茶叶博物馆，自西湖西面出城，转入灵隐路，两侧挟之，再入茅家埠，突然柳暗花明，豁然洞天，俨然桃花源。

有很长一段时间，我在这里谋生谋事。有一日，秋高气爽，夕阳西下，我从双峰村下班回家，忽见中国茶叶博物馆附近一株金色银杏树，亭亭玉立，宁静安详，斜阳下如孤独美人。溪畔芦花，落晖中透明如纸。新铺的柏油路从灌木丛中伸出，仿佛一头平坦通向红尘，一头蜿蜒伸往世外。车站无人，双峰插云，悠然想起东山魁夷的北欧风情画。由是生发困惑：美真的反而会产生距离，距离又会产生神秘感？你每天都在这里往返，但故园却突然使你陌生，使你产生了异国他乡之感。你问：这是龙井吗？

多少外来游客去龙井，总是上龙井茶室喝茶，有点兴致的还往龙井村，到落晖坞，观御茶室，再渡九溪十八涧，赏那高高下下树，叮叮咚咚泉，直至钱塘江畔，六和塔前，一番游历才告尽兴。

我是钱塘人，因知钱塘事，自然觉得此等游历不能遂心。那天去龙井，同行者远明兄便告我龙井尚有若干为世人鲜知的景观。有宋梅两株，八百年沧桑，又有破庙，残砖剩瓦，最能发思古之幽情。况且真正的老龙井亦在世人忽略的大山深处。手头有张岱的"二梦"，从中又知风篁岭上有一奇石名"一片云"，高丈许，清润玲珑，巧若镂刻，石后设有一方石棋枰，上镌"兴来临水敲残月，谈罢吟风倚片云"。而今又过数百年岁月，不知那方江南名石是否依然安在。

龙井的老银杏树也多，倘说双峰的银杏被视为孤独美人，那么，此处株株俏丽而挺拔的银杏，便是一幅群美图，颇显雍容华贵，犹如法国巴黎的时装模特。同行者便大呼小叫，赞叹喧哗不迭。此时秋光明媚，胜于春色，不由得使人想起苏联影片《战争与和平》中安德烈在一株春天的老树新叶之下跃马欲驰、心灵复苏的情景，耳畔更是仿佛听到他那些从绝望中复苏过来的独白。于是很想在银杏树下，清晰地回忆托尔斯泰，瞬间却又模糊起来。"此中有真意，欲辨已忘言。"

闲情逸致是需要相应时代的。现在的御茶室自有另一番风光。接待的女人依旧美丽，问她们茶价几许，果然如数家珍。问及别样，比如这御茶室上的匾额的来历，龙井茶诞生的年代，龙井为何有胡公庙，胡公何许人也，等等，美丽的女人们亦一一道来，比阿庆嫂还会说。

就此打住，离开大路，寻寻觅觅，终究还是无法不言茶。靠个熟人指点，径直向狮子峰下走去。

十八棵御茶树竟也生得平常，不作宠物貌。有人说是乾隆所栽，又有人说是乾隆所封，还有人说龙井茶是在书中夹扁后，被皇后认可的，一言定乾坤，从此只可扁下去。几百年后，传说在一架从中国回美国的飞机上，周恩来赠给基辛格的两斤龙井茶，竟被随员们一扫而光，只因为龙井茶"无味之味，乃至味也"。于是，基辛格只好再向周总理索茶。这样的传说越多，龙井茶也就越有文化了。

十八棵御茶后边，是门额上题有"宋广福院"的人家住房，也就是各种文章一再引用的正宗的胡公庙——山下的御茶室则只是象征的。再往上追溯，也就是东坡密友——僧人辩才的不争之地，原来辩才住持的天竺寺竟是个是非窝，故晚年欲老于天竺寺所在之南山下的寿圣院。史书记载，这寿圣院原建于吴越国乾祐二年（949），再早叫报国看经院，北宋熙宁年间改名寿圣院。辩才至此，从此龙井名声大振，香火大旺，僧众多达千人。狮峰山顶开辟茶园，龙井茶之名实起源于此。到南宋，寿圣院改名为广福院，后因北宋官僚胡则葬于此地，又供胡则像，故后人又叫胡公庙。庙前有桥，桥下有狮子泉。泉水真正好，桥却普通。这个辩才和胡公，终究也是非要留下点"茶文化"不可的。遂想起友人"茶禅不一味"之说来：他竟以为径山茶宴之类的真义并非全在茶禅，其实也是和尚与上流社会的茶叶公共关系学。如此说来，莫非辩才也是个"公关部部长"？如此联想，荒唐。

入山门，有葛姓主人迎接。胡公庙内无胡公，昔日香火，过眼云烟耳。此地的寂静安详兼破败萧条，远非当年凤篁岭上龙王祠的热闹世俗可比。一株落尽了叶的乌桕树，高挑着深秋最后两片红叶，从残墙旧瓦后伸来，像日本画家斋藤清的套色木刻。

庙内两株古梅却生得蓬蓬勃勃，绿叶满枝，绝非残缺，实为完美。主人说已有八百年历史，两株梅边落叶边开花，花期达三个月之久，又说三十年前曾经死去，后又在根部发芽再生。咦，竟是凤凰涅槃后的梅花。

主人又带我们去看庙旁的老龙泓。记得张岱《西湖梦寻》中记载说："南山上下有两龙井。上为老龙井，一泓寒碧，清冽异常，弃之丛薄间，无有过而问之者。其地产茶，遂为两山绝品。"看来这老龙井寂寞于山间有数百年之久。以手掬之，水是好水。岩壁上书有"老龙井"三字，主人说，此乃苏东坡手书。未经考证，不知确否。主人还告诉我们，胡公庙末代和尚是慧森，并说他本人即慧森的义子。慧森八十八岁时圆寂，早年曾经是黄埔军校二期的学员呢。这最后的传说，文化气愈浓，至于确凿与否，亦未稽考，不妨姑妄存之吧。龙井问茶竟问出这许多茶与非茶之间的东西，也算不虚此行了。

大象无形

开门七件事，柴米油盐酱醋茶。中国人饮茶，可谓饮之有道。

唐宋之际，三教合一，以佛修心，以儒治世，以道养身。其中，佛谓业不可逃，儒曰天命可畏，唯有道教，坚持一种企图在地球上使自己生命无限延长的神仙说立场，不信业果，以生为乐，清静无为，坐忘虚心。道的这种"乐生"精神，是最贴近茶的本性的。

中国人喝茶，之所以从来也没有形成日本茶道与朝鲜茶礼那样严谨、具一定规模的传统，大概是和我们最注重饮茶中洋溢生活之美、最体现生活之乐的东西有关。

我们的皇帝们在御花园戏茶，免皇冠，着白袍，君臣同嬉，乐不可支。我在一幅据说是宋徽宗所画的《茶礼图》中看到了他自己。唉，虽然你琴棋书画无所不通，但也实在是有些玩物丧志了。你之所以成为亡国之君，看来，与你过分地热爱生活而忽略国家有关。

文人雅士的品茶，亦多是不讲究规范的。独自时，可敲冰煮茗，积雪烹茶，带个茶童，在花园，一挑茶器，一应俱全，清风丽日不用钱买，清泉活水取之不竭。

天上一轮明月，花间一杯清茶，对饮亦可成三人。

若朋友相聚，如文徵明《惠山茶会图》所述，站之，坐之，咏之，悉听尊便，草地岩石，松下泉边，或躺或倚，此乐何极！哪有学习日本茶道时的万般艰辛！前年有友人自日本国学茶未成而归，撩起裙子，膝盖、脚底板都是老茧，此为茶累也。

古时文人佯狂。杭州有个叫田艺蘅的人，写过一篇《煮泉小品》的论文，专讲饮茶。他自己鹤发红颜，携酒带茶，与女歌手们徜徉于西湖，柳下湖边，席地而坐，想喝茶就喝茶，想放歌就放歌，好不快活煞人！

莫非品茶之乐都被文人掠了去？非也。引车卖浆者流，其乐更甚。张择端的《清明上河图》中，商人小贩聚于茶铺，街谈巷议，海阔天空，只管信口开河。只要不骂皇帝，谁来管你！至于街头斗茶，情趣更甚，神态各异，再无人干涉，只有人叫好的。

　　中华民族中汉族之外的少数民族，他们的饮茶习俗，就更为自由奔放了。那年我去苍山洱海，舟行湖泊，白族少女少男为我们捧出三道茶，一会儿载歌，一会儿载舞，一会儿放糖，一会儿放姜，全无拘束，这才叫品尝生活呢。

　　大音希声，大象无形。鱼在江湖中自由自在，忘记了水的存在；人在自然中快乐自足，忘记了道的存在；喝茶的时候沉浸在愉悦之中，忘记了茶的存在——窃以为，此乃中华茶之大道也。

名家散文

鲁迅：直面惨淡的人生

胡适：天下没有白费的努力

许地山：爱我于离别之后

叶圣陶：藕与莼菜

茅盾：斗争的生活使你干练

郁达夫：夜行者的哀歌

徐志摩：我有的只是爱

庐隐：我追寻完整的生命

丰子恺：我情愿做老儿童

朱自清：热闹是它们的，我什么也没有

老舍：有朋友的地方就是好地方

冰心：繁星闪烁着

废名：想象的雨不湿人

沈从文：每一只船总要有个码头

梁实秋：烟火百味过生活

林徽因：你是人间的四月天

巴金：灯光是不会灭的

戴望舒：我的心神是在更远的地方

梁遇春：吻着人生的火

张中行：临渊而不羡鱼

萧红：我的血液里没有屈服

季羡林：微苦中实有甜美在

何其芳：紧握着每一个新鲜的早晨

孙犁：人生最好萍水相逢

琦君：粽子里的乡愁

苏青：我茫然剩留在寂寞大地上

林海音：唯有寂寞才自由

汪曾祺：如云如水，水流云在

陆文夫：吃也是一种艺术

宗璞：云在青天

余光中：前尘隔海，古屋不再

王蒙：生活万岁，青春万岁

张晓风：年年岁岁岁岁年年

冯骥才：生活就是创造每一天

肖复兴：聪明是一张漂亮的糖纸

梁晓声：过小百姓的生活

赵丽宏：闪烁在旷野里的微光

王旭烽：等花落下来

叶兆言：万事翻覆如浮云

鲍尔吉·原野：为世上的美准备足够的眼泪